脚本・山本奈奈　李 正美
宮本勇人　福田哲平
ノベライズ・蒔田陽平

日曜劇場
# ANTI HERO
アンチヒーロー
（上）

JN118190

扶桑社文庫
0814

本書はTBS系日曜劇場『アンチヒーロー』のシナリオをもとに小説化したものです。

小説化にあたり、内容には若干の変更と創作が加えられておりますことをご了承ください。

なお、この物語はフィクションです。実在の人物・団体とは関係ありません。

# 1

東京拘置所の接見室。アクリル板の向こうに明墨正樹《あきずみまさき》が話しかける。

「人、殺したんですか？」

応える声はなく、狭く無機質な部屋に沈黙が流れる。

「もう一度お聞きします。あなたは人を殺しましたか？」

「……」

「質問を変えましょう……殺人犯として生きるとは、どういうことだと思います？」

「……」

「『人殺し』『生きる価値なし』『人間のクズ』『死んで償え』……有罪が確定した瞬間からこんな言葉があなたに浴びせられます。見ず知らずの他人が、何千何万ものナイフであなたの心を平然と刺していくんです」

「……」

「この矛先はあなただけではありません。家族、恋人、友人、同僚、あなたの人生に関わったすべての人が、『殺人犯のなになに』という称号を強制的に与えられる。罪のない人が犯罪者と同じ扱いをされるんです。むしろ殺人犯として牢屋で過ごすより、悲惨かもしれません……」

「……」

「無論、あなたが真摯に罪と向き合い、更生したと判断されれば刑を終えることができます。法律上は。ですが、それは罪から解放されたわけではありません」

「……」

「過ちを犯してもやり直せる。日本はそんな優しい国……とでもお思いですか？　考えてみてください。あなたの隣の部屋に殺人犯が引っ越してきたら？……『私、人殺したんです』と言われても、笑っていられますか？　犯罪者の更生施設だってそうです。社会にとって必要だということは誰もがわかっている。でも、自分の近くには来てほしくない。それが人間なんです」

「……」

「もう、わかりましたよね？　法律というルールの中では許されても、リアルな世界は一度罪を犯した者を許す気なんかない……どんなに心を入れ替えたとしても、出所した先に居場所なんてない。幸せになんかなれるわけがないんです。やがて絶望し、もう一度人を殺すか、自らの命を絶つか、待ってるのはそんな未来だけです……『殺人犯』になった時点で、あなたの人生は終わります。仕方ないですよ。だって……人、殺してるんですから」

「……」

明墨は緋山啓太《ひやまけいた》に、静かに話し続ける。

「失礼。話を戻しましょう。今日は大事なことをお伝えに来たんです。この機会をあなたがどう捉えるかですが……」

「……」

「私があなたを無罪にして差し上げます」

※

内堀通りをタクシーが高速で走っている。前方の車との間隔が迫ると車線を変え、すぐに追い抜く。運転手の首筋にじんわりと汗がにじんでいく。

「間に合いますかね」

後部座席からの声に、運転手の肩がビクンと揺れる。その様子を眺めながら、明墨はプレッシャーをかけていく。

「時間ギリギリになりそうですね」

「でも、これ以上は……」

明墨は腕時計に目をやる。無言の圧に耐えられず、運転手はアクセルを踏まざるを得ない。タクシーはさらに加速し、道端に停車している車が瞬く間に背後へと消えていく。

明墨はその車を目で追い、スマホを取り出した。動画モードにして、自撮りを始める。

やがてリアウインドウの向こうにさっきの車が姿を現した。

カメラ越しにそれを確認し、明墨は運転手に言った。

「……ちょっとスピード出しすぎじゃないですか？」

「え？」

すぐに背後からサイレンの音が聞こえてきた。

焦る運転手に向かって明墨が告げる。

「そこの角曲がったところで止めてください」

泣きそうな声で運転手がつぶやく。

「もう最悪だよ……」

霞が関方面へと曲がり、東京地方裁判所の前で運転手は車を止めた。

「スマホ決済で」

明墨がスマホを差し出し、支払いを済ませる。その間に覆面パトカーが追いつき、タクシーの後ろに車を止めた。出てきた警察官が運転席の窓を軽く叩く。

「開けてくださーい。かなりスピード出てましたねー。出てきてもらえますか」

運転手が窓を開け、警察官に言い訳しはじめる。

「すみません。お客さんが……」

警察官が不審げに視線を移す。

すかさず明墨はタクシーの外に出た。

「何キロでした？」

いきなり聞かれ、警察官は虚をつかれた。

「何が……？」

明墨はスマホを警察官に差し出し、先ほど撮影した動画を見せる。交差点から覆面パトカーが出てくる瞬間からタクシーに追いつくまでの様子が撮影されていた。

「!!」

「スピード違反は百メートル追尾して速度を測り、サイレンを鳴らす。そういう決まりです。あなた、何キロで追尾しましたか？」

「……七十三キロだ」

明墨は動画をもう一度再生する。画面に覆面パトカーが現れた。

「はい、ここから……一、二、三、ストップ。三・五三秒。あの路地から出発して百メートル追尾するには百キロ以上出してないと無理ですが……」

明墨の理路整然とした説明に警察官は憮然となる。

「やったやってないで揉めるのは嫌なんで、最近自己防衛で動画回してるんです」と明墨は続ける。「それと取り締まるならもっと堂々と道の真ん中でやったほうがいい。特に、都内の道は危ないんで」

言ったそばから、背後で右折車が通行人の前で急ブレーキを踏んだ。

明墨の言うことは正しかった。抜き打ちで取り締まるためにわざと身を隠していたし、タクシーに追いつくために百キロ以上のスピードも出した。

警察官はぐうの音も出ず、その場を退散するしかなかった。


東京地方裁判所のロビーを明墨が悠然と歩いていく。明墨に気づいた人々の視線は自然にその姿を追っている。どうやら法曹界隈ではかなりの有名人のようだ。

明墨が裁判官室に入ると、担当検事の姫野道哉《ひめのみちや》はすでにコの字型のテーブルの左側についていた。正面には裁判長を務める坂口《さかぐち》を真ん中に右陪席と左陪席を務めるのであろう二名の裁判官が並んで座っている。

姫野は腕時計で時間を確認し、嫌みのように明墨に声をかける。

「お忙しそうで何よりですね」

対面のテーブルにつきながら、明墨が答える。

「おかげさまで、姫野検事と肩を並べられるくらいにはなったかと」

「ご謙遜を」と姫野は鼻で笑った。「まあでも時間厳守はルールですので。我々もこう見えて忙しいんですよ。時の敏腕弁護士先生ほどではないですが」

鞄から出した書類を整え終え、明墨が返す。

「ありがとうございます。お叱りを受けている間に準備ができました。始めましょう」

飄々とした明墨の態度に苛立ったのか、姫野は爪でテーブルをひっかきはじめる。その様子をチラと見て、明墨は言った。

「ちなみに、待たされたのはこちらも同じです。取り調べにずいぶんと時間をかけられたようで。何回再逮捕を？」

姫野の顔に視線を移し、じっと見つめる。

「！……念入りに調べるのが私の常でしてね」

「そうですか。裁判長、時間もないので始めましょうか」

カリカリとテーブルをひっかく音がさらに速くなっていく。

事件の公判前整理手続きは予定より十分遅れで始まった。

「——被害者は杉並区にある町工場『羽木精工』の社長、羽木朝雄《はねぎあさお》、五十四歳。被告人は同社の従業員、緋山啓太、三十五歳。刑法一九九条、殺人罪で求刑。令和六年一月三十日21時45分頃、羽木精工の工場に隣接する自宅で被害者は殺された」

明墨法律事務所の会議室。パラリーガルの白木凛《しらきりん》が事件の詳細をモニターに表示させながら、新たに事務所に加わった若手弁護士、赤峰柊斗《あかみねしゅうと》に説明している。事務所設立時からのベテランパラリーガル、青山憲治《あおやまけんじ》も白木の話に集中している。

「被告人の緋山さんは、その日残業をさせられていて——」


仕事を終え、ひと風呂浴びてすっきりした羽木が、部屋着にサンダル履きでふらっと工場に顔を出した。すかさず緋山が訴える。

「お願いします。今日はもう上がらせてください」

「いいよ。だから、この箱いっぱいにしたら帰っていいって何度も言ってるよね」と羽木が面倒くさそうに完成した金属加工品を入れる木箱に目をやる。箱はまだ半分も埋まっていない。

食い下がる緋山を振りほどき、仕事が遅いのだから自業自得だと嫌みな一瞥を送り、羽木は自宅へと戻っていく。

転倒した緋山は拳をぎゅっと握りしめ、つぶやく。

「……殺す」

作業台に置いてあった工具をつかむや、工場を飛び出した。

羽木が引き戸を開け、玄関に入ったところで緋山は追いついた。振り上げた工具をその後頭部に勢いよく振り下ろす。

ふいの衝撃に悲鳴をあげ、羽木はシューズクロークに手をかけて身体を支える。そこにふたたび緋山が殴りかかった。返り血を浴び、緋山のジャンパーが赤く染まる。

羽木は最後の力を振り絞り、緋山の手をつかんだがそこまでだった。緋山の手に爪を立て、力尽きたように崩れ落ちていった——。

「これが検察による事件の見立て」と白木が現場で一部始終を見てきたような説明を終え、「だけど」と続ける。「どこまで本当かはまだわからない」

「動機はよくあるパワハラのようですが……」と青山がつぶやく。

「パワハラにも正当防衛認める法律とか作れっての」

いつものように毒を吐きはじめた白木を、「でもさすがに殺しちゃ駄目ですよ」と青山がなだめる。

「三十五歳。前科なしの初犯で……」

赤峰がブツブツつぶやきながら、事件の概要を懸命にメモしている。すべてを書き終え、赤峰はノートを閉じた。表紙には№8と記されている。

「赤峰さんは殺人事件を担当するのは初めてでしたっけ?」

青山に聞かれ、「一応、前の事務所で暴力事件を扱ったことはあるんですが……」と前置きし、赤峰は正直に告白した。

「裁判員裁判は経験がないです」

「ま、すぐ慣れるでしょ」と白木が軽く返す。

「ちなみに、緋山さんが殺したという証拠って」

裁判官室で事件の概要を説明した姫野は、こう続けた。

「被告人の入出が記録された防犯カメラ映像、現場についた被告人の指紋、被害者の爪の間から検出された被告人のＤＮＡ鑑定、そして第一発見者である同僚の尾形仁史《おがたひとし》さんの証言。主にこれら四つをもとに法廷で立証させていただきます」

「わかりました」とうなずき、坂口は明墨をうかがう。「弁護人から何かありますか？」

「もう一度確認しますが、請求証拠はこれで全部ですね？」

「……全部です」と姫野が強く返す。

「失礼しました」


検察側の証拠をノートに記しながら、赤峰がパラリーガルのふたりに言った。

「争点としては、どうやって減刑をとりにいくかってことでしょうか」

白木は答えず、青山は微笑みを浮かべた。

「赤峰さん、これから明墨先生と合流してもらえますか」

「……はい」

※

スマホの地図アプリで道を確認しながら、赤峰が住宅街を歩いている。アプリが目的地への到着を告げ、赤峰は顔を上げた。

門柱に飾られた『羽木』の表札を確認し、つぶやく。

「……ここか」

そのとき、勢いよく家のドアが開き、押し出されるように誰かが出てきた。自分と同世代、二十代後半の女性だ。続いて、家人と思われる四十代女性が顔を出し、怒りの表情で激しい言葉を叩きつけた。

「あなた頭おかしいんじゃないですか⁉　話すことなんかありません！　帰ってください‼」

「待ってください！　お願いですからお話だけでも——」

さえぎるように目の前でドアが閉められる。悄然と踵《きびす》を返した女性に、「紫ノ宮《しのみや》さん、ですよね」と赤峰は声をかけた。

「？」

「赤峰です！　青山さんにここに行けって」

紫ノ宮飛鳥《あすか》は赤峰を一瞥するも、何も言わず歩きだす。赤峰は仕方なく事務所の先輩弁護士のあとをついていく。

「直接現場に行ったり、被害者家族に会うって……危険じゃないですか？」

「……」

「僕たち、いわゆる敵側の人間ですし」

紫ノ宮は足を止め、ようやく赤峰を見た。

「じゃあ、帰れば？」

そう言われて帰るわけにもいかず、赤峰は紫ノ宮を追う。


羽木精工の敷地内で、明墨が五歳になる被害者の息子、湊《みなと》とゴムボールで遊んでいる。

傍らには従業員の佐藤涼《さとうりょう》が立ち、ふたりを見守っている。

「肩から腕を一直線にして……そうそう。この位置から投げると遠くまで投げられる」

明墨の言うようにやってみるも、湊はうまくボールを投げられない。はるか頭上を越えていったボールを明墨が慌てて追いかける。ボールを拾った明墨に湊が駆け寄る。

「あのね、上野動物園にレッサーパンダのセイくんが来たんだよ」

穏やかだった明墨の表情がかすかに変わった。

「ほら湊くん、よその人にそんな」と佐藤が湊に向かって苦笑する。「それに多摩動物公園でしょ、それ」

「あれー、そうだっけ？」

「そうだよ。それにもう外国行っちゃったんだよ」

首をひねる湊を明墨がじっと見つめている。

そこに赤峰と紫ノ宮がやって来た。初めて会う事務所のボスに、赤峰はかなり緊張している。紫ノ宮が明墨に声をかけた。

「遅くなりました」

「そっちは？」

「……すみません」

「やっぱりね」

明墨は湊にボールを返し、微笑んだ。

「楽しかった。またやろうね」

「うん！　バイバイ」

佐藤に一礼し、明墨は工場に向かって歩きだす。紫ノ宮が続き、赤峰が後ろからついていく。

入口が開け放たれた工場から工作機械の作動音が響いてくる。

前を行く明墨に、紫ノ宮が言った。

「湊くん、元気そうですね。なんかホッとしました」

「……」

「さっきの男性は……」と紫ノ宮はタブレットで顔写真を確認する。「従業員の佐藤涼さんですね。何か気になることでも？」

「いや、まだ」

「まだ？」

思わず赤峰は声を発し、明墨は立ち止まった。振り返る明墨に、赤峰は姿勢を正す。

「あ、今日から正式に参加させていただきます。赤――」

「赤峰くんなら、この事件どう弁護する？」

挨拶をさえぎり、明墨が訊ねる。

「え、僕ですか？……えと」

赤峰はノートを取り出し、確認しながら明墨に自分の考えを話していく。「状況から見て、緋山さんの犯行に間違いない以上、犯行動機を争点に情状酌量を求めて――」

すぐに明墨がさえぎった。「緋山さんは無罪を主張している」

「ですが、検察が出してきた証拠は四つもあります。これだけ多くの証拠が揃って――」

「一つ教えてあげよう」

「？」

「証拠の数は多ければ多いほどいい」

「……どういうことですか？」

答えず、明墨はふたたび歩きだす。

その背中を怪訝そうに見つめながら、赤峰は紫ノ宮に訊ねる。

「先生って……どMですか？」

「あなたバカなの」

冷たくあしらわれ、赤峰は憮然とした。


工場の入口には防犯カメラが設置されていた。足を止めて見上げる明墨に、すかさず紫ノ宮がタブレットを差し出す。

「あのカメラの映像です」

工場を足早に去っていく緋山の姿がタブレットに映し出される。

「この映像には、犯行があったであろう21時45分前後に緋山さんが工場を出ていく姿が映っています。ですが、だからといって緋山さんが殺害したという証拠にはなりません」

「じゃあ逆に……」と明墨が口を開いた。

紫ノ宮と赤峰が次の言葉を待つ。

「この事件、何があったら強い証拠になる？」

「殺害に使用した凶器です」

即答する紫ノ宮に驚き、赤峰も焦って考える。タブレットの映像を指さし、紫ノ宮は続けた。

「そして、彼は出勤時に着ていたジャンパーを出ていくときには着ていません」

紫ノ宮はタブレットを操作し、新たな映像を再生させる。緋山の出勤時のもので、たしかに作業用のジャンパーを着ている。

「……返り血を浴びて、脱いだってことですか？」

赤峰にうなずき、紫ノ宮は言った。

「鞄の中にしまった。もしくは、工場のどこかで処分した可能性があります。なので、凶器かそのジャンパー、どちらかが見つかれば緋山さんの犯行を証明する検察に有利な証拠になります」

紫ノ宮の考えを聞き、赤峰はようやく明墨の問いの意図に気づいた。

「検察が挙げた証拠の中には、どちらも入っていなかった……それに、あえて証拠として弱い防犯カメラ映像を提出したってことは……」

「ハリネズミだよ」

煙に巻くような明墨の言葉に、「え？」と思わず赤峰は聞き返した。

「検察は今回、決定的な証拠をつかめていない」

「！」

「だからこそ防犯カメラ、指紋、目撃証言、DNA……様々な証拠を掛け合わせて有罪に持っていこうとしている。それは自ら、一つ一つの証拠はとても弱いと自白しているようなもの。ハリネズミだって何千もの針がなければただのネズミだからね。一本だと弱いから複数の針で闘うんだよ」

なるほど、だから……。

「証拠は多ければ多いほどいい」と赤峰は先ほどの明墨の言葉を口にしていた。「つまり僕たちはこれから、針を一本一本抜いて……」

とてつもなく面倒で困難な作業を想像し、紫ノ宮の眉間にしわが寄る。

ふいに明墨が言った。

「あの人か」

いつの間にか工作機械の音がやんでいる。休憩に入るのか、工場の奥から従業員たちがこちらへと歩いてくる。その中のひとり、体格のいい長髪のヒゲ面男に明墨が鋭い視線を向けていた。

「はい」と紫ノ宮がうなずく。「第一発見者の尾形仁史さん」

明墨はすばやくスマホで尾形を撮影する。尾形は気づかず、作業ズボンの後ろポケットに差していた競馬新聞を抜き、眺めはじめる。

すかさず、紫ノ宮が尾形のほうへと歩きだしたから、赤峰は慌てた。

「え⁉　まずいですよ。検察側の証人に接触するのは！　問題になりますよ！」

「赤峰くん、それ外して」と明墨が赤峰の襟の弁護士バッジを目で示す。

「え⁉」

赤峰がバッジを外している間に紫ノ宮は尾形に声をかけている。

「尾形さん」

しかし、尾形は気づかない。紫ノ宮は尾形の前に立ち、あらためて言った。

「尾形さんですよね」

「ああ？　誰だよ、あんた」と尾形は作業着のポケットから眼鏡を取り出した。

「ご休憩中すみません。少しお話いいですか？」

眼鏡をかけ、尾形はいぶかしげに紫ノ宮を見つめる。

そこに明墨が割って入った。

「すみません。今日姫野が来れなくて」

え……。赤峰は唖然とした。

まさか検察側だと装うのか……⁉

「姫野？……ああ、検事さん」

「あらためてお話を聞きにきました。可愛い顔して、人使い荒いんですよ」

苦笑してみせる明墨の様子に、尾形の警戒心がやや緩む。

「……でも、この前あの人に話したから」

立ち去ろうとする尾形に明墨は言った。

「競馬、お好きなんですか？」

「？」と尾形の足が止まる。「ああ、まあ」

「私も最近始めようかなと思いまして。やっぱり面白いですか？」

尾形が手にした競馬新聞を興味深そうに見ながら明墨が訊ねる。

「え？……まあ」

明墨が垂らした針に尾形が食いついたのを見て、すかさず紫ノ宮が前に出る。

「すみません。もう一度確認させてください。緋山さんは無罪を主張しています。そのことはご存知ですか？」

なんの躊躇もなく質問する紫ノ宮に、赤峰は仰天した。しかし、尾形が答えないとみるや、紫ノ宮はなおも詰め寄っていく。

「あなたは被害者が倒れているのを発見しただけで、犯人の姿は見ていないんですよね？　どうして緋山さんが犯人だと？」

虚をつかれた尾形は表情を変え、不機嫌に返す。

「もういいじゃないっすか。俺はあんたたちに言われた通りにすればいいんでしょ？」

たしかな手応えを感じ、明墨はさらに誘いをかける。

「……ちなみに本当はあなたが殺したってことはないですよね」

これには紫ノ宮も驚いた。隣で赤峰は目を丸くしている。

「ああ？」と尾形が怒り顔を明墨に向ける。

「すみません。よく刑事ドラマで言われているじゃないですか。まずは第一発見者を疑えと」

返す言葉が見つからず、黙る尾形に明墨が訊ねる。

「図星ですか？」

「んなわけないでしょ！」と尾形が憤然と言い返す。「俺は21時40分頃に眼鏡を忘れて工場に戻った。そこで緋山と社長が口論しているのを聞き、そのあと自宅方面から悲鳴が聞こえたから、急いで駆けつけたんです！　社長が玄関で倒れているのを目視して、・・・

急いで警察と救急に連絡を……」

「いいですね。詳細に説明できてます。だいぶ練習されましたね？」

「……」

明墨は工場内に並んだ工作機械を見回し、さらに訊ねた。

「ちなみに、緋山さんが作業していた機械というのはどちらに？」

「あ？」

尾形の視線が工場奥の機械へと動く。ちょうど若い従業員がその機械の前に立ち、作業を始めようとしていた。スイッチを押し、耳障りな機械音が工場に響きはじめる。

「あれですか」と明墨が訊ねるも、尾形は答えない。

そこに赤峰が口をはさんだ。

「あの、一つ聞いてもいいですか？　尾形さんは先ほど眼鏡をしていなかったみたいですが……近視とかですか？　事件の夜は眼鏡をかけず、工場に忘れて帰ったと？」

赤峰が質問を終えると同時に機械が止まり、辺りはふたたび静かになった。

「はあ？　だから眼鏡を取りに戻ったって言いましたよね!?」

いまいち話が噛み合わず、赤峰は戸惑う。いっぽう、明墨は満足そうにかすかに口もとをほころばせている。

「もういい加減にしてくれ。ちゃんと裁判には行くから」

「わかりました。お忙しいところを失礼しました」

明墨がそう言うと、尾形は不機嫌さをあらわにしながら立ち去った。

事務所の入ったビルの前でタクシーを降りると、明墨は赤峰に訊ねた。

「そういえば君、さっきなぜ眼鏡のことを？」

「え？　ああ、僕も近視なんですけど、コンタクトなしじゃ怖くて外歩けなくて。だから眼鏡を忘れたっていうのが、なんとなく気になって。勝手にすみません」

「いや……」

ふたりの会話を聞くや、紫ノ宮はすぐにタブレットの防犯カメラ映像を再生する。

「ちなみに尾形さんが出入りのときに眼鏡をかけていたかまでは、防犯カメラでは確認できません」

「そうですか……」

「ていうか、接触したのがバレたら猛抗議受けませんか？……しかも検事なんて嘘ついて」

「検察側の証人に接触してはいけないと法律で決まっているわけではありません。それにそもそも検事だと名乗っていません」

しれっと答える明墨に、赤峰はあきれた。

「これが先生のやり方……」

※

会議室に明墨法律事務所の全員が顔を揃えている。テーブルの奥、大きな窓の手前の席についた明墨の顔をブラインド越しの夕陽が照らす。明墨に向かって赤峰が訊ねた。

「緋山さんがやっていないっていう確証が先生にはあるってことですよね？」

あっけらかんとした声音に紫ノ宮、青山、白木が同時に赤峰を見る。

返事がないので、赤峰は言葉を重ねた。

「いや、半年前の冤罪事件みたいに今度はどうやって緋山さんを無罪にするのか……なって……」

明墨は平然と答える。

「確証なんてない」

「え……じゃあ本当に僕たちは殺人犯を助けようとしているってことですか……？」

「殺人犯……」と繰り返し、明墨は真っすぐ赤峰を見つめた。「赤峰くんは、緋山さんはどうして殺人を犯したと思ってる？」

「え？　ああ……きっと、ひどいパワハラに耐えられなくなって」

「それで殺した？」

「！」

「弁護士は被告人である依頼人の正当な利益を守る保護者だ。どんなに残虐な犯人であろうと、有罪判決が下されるまでは無罪として扱われ、保護されるべきである」

無罪の推定という基本原則をあらためて説かれ、赤峰はハッとした。

「この時点で緋山さんを犯人だと決めつけるような弁護士は、今すぐ辞めたほうがいい」

「！」

「まあ、そもそも罪を犯したかどうかなんて私たちには関係ない」

「……で、でも、罪を犯したかどうかわからなかったら、どっちにしろ依頼人を助けることなんか――」

「潰すんだよ」と明墨がさえぎる。

「え？」

「証拠を用意して有罪を立証するのは検察の仕事。だとしたら、我々弁護士は検察が出してくる証拠をただ」

赤峰に向かって明墨は、広げた手を握ってみせる。

「握り潰せばいい」

「!?」

会議室のモニターに青山が尾形のプロフィールを映し出す。その職歴を見て、「うわ」と思わず赤峰は声を漏らした。

「こんなにたくさん」

二年間隔で職を転々としているのだ。

「続かない理由が何かありそうだよねぇ」

白木のつぶやきに赤峰が反応する。「続かない理由？」

「尾形さんは供述書通りの回答しかしませんでした。相当、検察に仕込まれてますね」

『玄関で社長が倒れているのを目視して』という言い回しは特に気になった。一般人の言葉遣いではない。

紫ノ宮の報告に、「セリフじゃないんだから」と白木は苦笑する。

「検察って証言者をそこまでコントロールしますかね」

素朴な疑問を口にした赤峰に青山が返す。

「自由にしゃべらせてしまうと何か問題があるとかですかね」

「第一発見者が尾形さんだったことは、検察にとって不都合だから口裏を合わせてセリフのような証言を作った。それが……」

モニターへと視線を移し、紫ノ宮は続ける。

「職を転々としていることと関わりがある……」

一同を見回し、明墨は言った。

「少し追ってみようか」


で、追うのは僕なんすね……。

夜間照明に浮かび上がるダートコースを、美しい馬たちがカラフルな勝負服を着た騎手たちに追われ、駆けていく。

馬群がゴールに近づくにつれ、観客たちの声のボリュームが上がり、ゴールとともに叫び声は歓喜の雄たけびと悲鳴に二分される。

その非日常的な光景に、嫌々やって来た赤峰の心も浮き立っていく。

で、尾形はどこにいるんだろう……。

今夜、尾形が競馬場を訪れるから動向を探るようにと明墨に言われたときには、あの人混みのなかからどうやって……と啞然としたが、地方競馬の平日のナイター開催ということで観客席にさほど人がいるわけでもなく、これなら大丈夫かと安堵する。

ほどなくしてゴール前のスタンドにしわくちゃになった競馬新聞を手にした尾形の姿を発見した。表情がうかがえる斜め後ろに陣取り、赤峰は尾形にスマホを向けた。

貧乏ゆすりをしながら、馬たちが映る大型モニターを見ていた尾形が、『まもなく第十一レースが始まります』とのアナウンスと同時に立ち上がった。手にした小型ラジオにつながったイヤホンを耳に差している。

馬たちがゲートに収まり、観客たちの目が集中する。一瞬の静寂のあと、ゲートが開き、馬たちが一斉に飛び出した。

「っくそ！　出遅れた!!」

尾形の声で、彼が賭けているのは出遅れた2番の馬なのだろうということがわかる。

しかし、縦長の展開のなか、2番の馬は徐々に順位を上げていき、最終コーナーを回ったときには先頭の馬の背後につけていた。

尾形のテンションも爆上がりだ。自分の声が鞭代わりだとばかりに声をかぎりに叫ぶ。

「行け行け‼　差せ差せ～っ‼」

2番の勢いは衰えず、ついには先頭の馬をかわした。

「よしっ！」と尾形が拳を握ったとき、大外から6番の馬が急襲し、ゴール直前で2番を抜き去った。

「おい‼　何やってんだよ‼　くそっ‼」

尾形が叫び、怒りをぶつけるようにイヤホンを外す。

その様子の一部始終を赤峰がスマホで動画撮影している。席を離れ、尾形が帰ろうとしているのに気づき、赤峰は慌てて動画を止め、あとを追った。


「殺害動機ですが、緋山さんもパワハラを受けていたことを認めています」

ホワイトボードに調査内容を書き込みながら、紫ノ宮が明墨に報告している。

「証拠として弱いとはいえ、防犯カメラも死亡推定時刻に緋山さんが工場内にいることを示しています。緋山さんのDNAがご遺体から検出されたことが間違いないとすればあとは――」

そのとき、赤峰がオフィスに入ってきた。

「戻りました」

気づかず、明墨は紫ノ宮との話を続ける。

「指紋」

赤峰は立ち止まり、ふたりの会話に耳を傾ける。

「はい」とうなずき、紫ノ宮は証拠として提出された指紋の写真をタブレットに表示させる。「このシューズクロークに付着していた緋山さんの指紋が、事件当日についたものではなく、それよりも前についていた可能性は考えられないでしょうか」

悪くない視点だと明墨はうなずく。

「この指紋は検察側が事件当日に付着したものとして提示しています。だけど本当に事件当日に付着したのかは立証できていません。指紋は通常、部屋の中なら二か月経過しても採取できる場合もあるので」

「そんな都合のいい話……」

赤峰がボソッとつぶやくと、明墨と紫ノ宮が振り返った。

「すみません」

「お帰り」と赤峰を迎え、明墨は紫ノ宮に話の続きをうながす。

「令和元年、実際に強盗殺人の容疑で起訴された被告人が、殺害現場の指紋が当日ついたかどうか認定できず無罪になった事例があります」

赤峰に聞かせるように明墨が口を開く。

「検察は緋山さんが犯人であるという結論ありきで動いている。集めた事実を巧妙につなぎ合わせて、都合のいいストーリーを作り上げた。それなら、こっちはそれを彼が犯人ではないという結末に書き換えてしまえばいい」

「！……証拠を握りつぶすって、そういうこと……」

明墨の戦術の一端を知らされ、赤峰は唖然としてしまう。

「でも、それには事件よりも前に緋山さんが羽木さんの家に入っていたことを証明する必要が……」

言いかけた赤峰の脳裏に、羽木家から追い出される紫ノ宮の姿がよみがえる。

「あのときのあれって……」

犯行現場の羽木家の玄関の様子を探るためだったのか。

紫ノ宮は明墨を見据え、きっぱりと言った。

「まだ、方法はあると思います」

「……」

※

朝、東京地方検察庁の廊下を緑川歩佳《みどりかわあゆか》がさっそうと歩いていく。会釈し、すれ違う部下たちに笑顔で応え、自室へと入る。

部屋で待っていた姫野がピンと背を伸ばしたまま一礼する。

「おはよう」と応え、緑川は訊ねた。「弁護側の反応はどうなの？」

「これだけ証拠が揃っていても表情一つ変えません。そのうえ、『まだ証拠があるのでは？』みたいな顔して」

苦々しく顔をゆがめる姫野をなだめるように、「明墨弁護士だからねぇ」と緑川は苦笑してみせる。「あの人たち、次の公判に被害者の家族を証人申請してるって聞いたけど」

「どうかしてますよ」と姫野は吐き捨てた。「裁判のためなら被害者遺族まで利用しようとする。人間のクズです」

「で、大丈夫なの？」

「旦那が殺されてるんですよ。遺族が被告人のために証言するなんて聞いたことありません。それに、念のため奥さんにも釘を刺しておきました」

「……さすが」

「しかし緑川検事、なぜあの男は緋山の弁護を名乗り出たんですかね」

「無罪にできるって確信があるんでしょ」

「はっ」と姫野は鼻で笑った。「証拠はガチガチに固めています。そう簡単に殺人犯を無罪にされたら、この国は終わりですよ」

「そうね」と緑川も笑みを返す。

一礼し、姫野は部屋を出ていく。緑川は含みのある視線でその背中を見送った。

尾形の行動観察を終えた赤峰がコンビニ袋を手に事務所に戻ってきた。デスクでパソコンに向かっている紫ノ宮を見て、声をかける。

「どうですか？　奥さんに話聞けました？」

紫ノ宮は無視し、作業を続ける。

赤峰は袋からパンを取り出すと、めげずにふたたび声をかける。

「あのー……パン、お好きですか？」

紫ノ宮は鋭い視線を赤峰へと向けた。にらまれたことではなく、反応されたこと自体に赤峰は少し驚く。

「……結構です」

ま、そうだよな。

納得しながら席につくと、背後からぬっと手が伸びてきた。

「じゃあ、私がもらう～」と白木がデスクの上のパンを奪った。

「！」

「大丈夫。しのりんは最初いつもあんなだから」

そう言って、白木は赤峰の肩をポンポンと叩く。

「はい……」

「あ、集団投資スキームの詐欺事件、資料メールに送っといたから」

「ありがとうございます」と紫ノ宮が白木に礼を言う。

「まあ、それよりもこっちだよね。厳しいよねぇ。あの家、普段から従業員は入れないんでしょ？」

「はい。ですが、明墨先生が新たな証言が取れたと」

「え？　それ新情報！」

目を輝かせながら白木はパンにかじりつく。「うま！　あんことチーズ！……やっぱり、さすがに奥さんは厳しいかあ」

浮かない表情の紫ノ宮を気にしながら、赤峰もパンの袋を開けた。

「……」

そして、第一回公判の日となった。

東京地裁、法廷前の廊下で赤峰が明墨と紫ノ宮を待っている。やがて、落ち着いた足どりで明墨がやって来た。

「先生、紫ノ宮さんがまだ」

明墨は焦る様子もなく、廊下の向こうを見つめている。

赤峰が目をやると姫野が上司らしき女性と話していた。年の頃は四十代半ば。明墨と同年代だろうか。

話を終え、女性が廊下の奥へと歩きだす。と、姫野がこちらに気づき、口を開いた。

「明墨先生」

その名に緑川は足を止め、振り返った。

明墨が軽く会釈すると、姫野は嫌みな笑みを浮かべながら近づいてくる。

「裁判員へのパフォーマンスのおつもりですか？　被害者の奥さんを被疑者側の証人だなんて。ま、来るわけないんでしょうが……」

嫌みを無視し、明墨は姫野をじっと見つめる。姫野が不快さをあらわにすると、明墨は口もとに笑みを浮かべた。

「姫野検事、頑張りましょう」

鼻を鳴らし、姫野は踵を返す。明墨の視線が法廷へと入る姫野のさらに先に向けられていることに気づき、赤峰がそれを追う。

明墨が見ているのは先ほど姫野と話していた女性だった。

「？」

会釈する明墨に、緑川も礼を返す。

明墨は歩を進め、そのまま法廷へと入っていく。

裁判官に向かって右側の弁護人席に明墨と赤峰がつく。しばらくして手錠をかけられた緋山が入り、最後に右陪席、左陪席を引き連れた坂口裁判長も入廷した。

「ご起立ください」

書記官の声で、法廷にいる全員が立ち上がる。

第一回公判が始まった。

証言台に立つ緋山に向かって、検察席から姫野が語りかける。

「被告人にお聞きします。あなたは事件当日、工場に隣接する自宅に戻ろうとした被害者を追いかけ、その後、被害者の頭部を鈍器のようなもので殴打した――との起訴内容を否認されていますね」

「はい。私は殺していません」

緋山はきっぱりと断言する。

「それでは質問を続けます。21時45分頃、あなたは何をしていましたか?」

「羽木社長に作業を続けるように言われ、工場で金属部品の切削加工をしていました」

「証明できる人は?」

「……いません」

「事件当日の防犯カメラの映像です」と姫野はモニターに映像を再生させる。工場入口のカメラに捉えられた緋山の姿が映し出される。

「出勤するときと足早に出ていくところ……何か違いませんか?」

沈黙を貫く緋山に代わり、姫野が答える。

「そう。出勤時に着ていたジャンパーを帰りは着ていない。ではジャンパーはどこに行ったのでしょう?」

「……わかりません」

「被害者を殺害した際に返り血を浴びたから凶器と一緒に処分した。違いますか?」

明墨が赤峰へと視線を送る。すぐに赤峰は声を発した。

「異議あり。今のは被告人による犯行を前提とした不当な質問です！」

坂口が姫野に訊ねる。

「検察官、ご意見は？」

「合理的な推認にもとづく尋問は許されると思いますが」

少し考え、坂口は言った。「異議を認めます。検察官は証拠にもとづいて、事実を訊ねる質問をしてください」

「失礼しました」

ふたたび緋山へと顔を向け、姫野が訊ねる。「あなたは常日頃、被害者から『アホ』『まぬけ』『怠け者』『使えない』など暴言を吐かれていたそうですね。ほかの従業員たちからも証言が取れています」

緋山の感情を逆撫でしようとしているのが見え見えの嫌みな口調だ。

「いわゆるパワーハラスメントを受けていた。そしてあの日、溜まりに溜まったその鬱憤が爆発した……？」

姫野の挑発には乗らず、緋山は冷静な口調で返す。

「私はそんな理由で人を殺したりはしません」

「ではなぜ、殺害現場にあなたの指紋が残っていたのでしょうか？　家の中からは、家族以外あなたの指紋しか検出されませんでした」

「……」

「そして被害者の爪の中からはあなたの皮膚片、ＤＮＡが発見されている。事件当日、あなたと被害者が争ったからついたものではないのですか？」

抗弁できず黙る緋山を見て、法廷の空気は一気に有罪へと動く。赤峰が焦ってうかがうも、明墨は唇を結んだまま動かない。

優勢のまま質問を終え、姫野が満足そうに席につく。

「では、続いて弁護人請求証拠の取り調べをお願いします」と坂口が明墨へと視線を移す。「証人として申請のあった被害者のご家族は……」

しかし、明墨は黙ったままだ。

姫野の口もとに笑みが浮かぶ。

「弁護人？」

赤峰が困ったように明墨にささやく。「先生、どうしましょう……」

「……」

法廷がざわつきはじめたとき、傍聴席の後ろの扉が勢いよく開いた。現れたのは紫ノ宮だ。

間に合った……！

安堵した赤峰は紫ノ宮が連れている人物を見て、ギョッとなる。

「え？」

明墨が立ち上がり、坂口に言った。

「裁判長。すでに申請している証人の、証人尋問をします」

「こちらが証人です」と紫ノ宮が連れてきた人物を見て、姫野も裁判員たちも驚く。まだ小学生にもなっていないような幼い男の子だったのだ。

「証人は被害者の息子、羽木湊くん。五歳の男の子です」

紫ノ宮は湊の手を引き、証言台のほうへと歩きだす。

「待ってください！」と姫野が叫んだ。「こんな小さい子供だけを証言台に立たせるなんて！　被害者の遺族ですよ」

「お母様の許可はいただいております」と紫ノ宮が冷静に返す。

「そんな馬鹿な！」

「きちんと証拠請求に記載されている証人です」

明墨に言われ、姫野はあらためて手元にある証拠請求を確認する。春子《はるこ》の名前の下にたしかに湊の名前も記載されている。

「！……」

証言台についた湊に、隣に立った紫ノ宮がにこやかに語りかける。

「湊くん、さっきお姉さんに話してくれたことをここでも言えるかな？」

「うん」

「ありがとう。湊くんはどんな遊びが好きなの？」

「ボール！」

「ボール遊びが好きなんだ。どこで遊んでるの？」

「お家の前とか」

「幼稚園のお友達と？」

「ううん」と湊は首を横に振った。「お兄ちゃんと」

「お兄ちゃん？　お兄ちゃんって誰かな？　この中にいる？」

紫ノ宮が法廷をぐるりと見回してみせると、湊もそれにならう。そうして、ひとりの男性に目を留め、指をさす。

法廷内の人々が息を呑む。

「今、指をさした人は、おまわりさんみたいな人の隣に座っている男の人?」

「うん!」

湊は被告人席に座っている緋山を指さしたのだ。

姫野が慌てて立ち上がった。

「裁判長。弁護人は被告人を指すよう、誘導したように思えます!」

「そうでしょうか?」と明墨は冷静に坂口に訊ねる。

「私にはそう見えませんでしたが」

そう言って、坂口は裁判員たちをうかがう。裁判員たちは同意するようにうなずいた。

姫野は憮然として、机を指でひっかきはじめた。

「弁護人、続けてください」

「はい」と坂口にうなずき、紫ノ宮はふたたび湊に訊ねる。

「湊くんは、さっき指さしたお兄ちゃんとボールでよく遊ぶの?」

「うん! ボール取ってくれたり」

「ボールを取ってくれた……どこにあるボールを取ってくれたの?」

「ワンちゃんの上」

紫ノ宮は坂口に向き直り、言った。

「供述明確化のため、弁護人請求証拠第32号証の写真を示します」

「どうぞ」

紫ノ宮は弁護人席のパソコンを操作し、モニターに証拠写真を映し出す。それは羽木家の玄関の写真だった。

「ワンちゃんの上っていうのは、この写真に写っている白色のワンちゃんかな？」と紫ノ宮はシュースクロークの上の棚に置かれた犬の置物をズームする。

モニターを見て、「うん」と湊がうなずく。

「ワンちゃんの上に行ってしまったボールを、このお兄ちゃんが取ってくれたってことだね？」

「うん。こうしても届かないから」と湊は高く手を伸ばしてみせる。

「ありがとう」

紫ノ宮は裁判官席へと顔を向け、語りはじめる。

「検察官請求証拠によれば、同じく被告人の指紋もここで見つかっています。湊くんの証言によると、被告人は事件より前にご自宅の中に入っていたことになります。つまり、検察の証拠として提示された指紋は、事件当日以前からついていたものと言えます！」

すかさず赤峰が証拠の指紋写真をモニターに映す。緋山の指紋が採取されたのは犬の置物の斜め下で、その上にある物を取るときには手をつきやすい場所だった。

姫野は焦って立ち上がった。

「証人は五歳です。子供の記憶とは曖昧なものです！　証言に信用性がありません！」

「たしかに幼い子の言うことに疑いの気持ちを持たれるかもしれません。ですが、見てください！」と紫ノ宮は湊のほうへと皆の視線をいざなう。

湊は笑顔で緋山に手を振っていた。緋山も小さく手を振り返す。

「！」

「私には、証人が嘘をついているようには思えません」

一同は湊の姿を見て、その言葉にうなずかざるを得ない。

「刑事訴訟法一四三条『裁判所は、この法律に特別の定のある場合を除いては、何人でも証人としてこれを尋問できる』とあります。今のは立派な証言です。信用性の有無はみなさんにお任せしたいと思います」

裁判官席を見渡し、「以上です」と紫ノ宮は尋問を終えた。

※

湊と手をつないだ明墨がロビーへと出てくるのを見て、春子が駆け寄っていく。すぐに明墨から湊を引き離す。

続いて姫野が法廷から出てきた。憤りの表情で明墨らを無視し、大股で去っていく。その背中に湊が、「バイバーイ!」と手を振った。明墨も一緒に手を振っている。

今、振り返ったら殴られそうだが、幸い姫野はそのまま歩き去った。

少し遅れて赤峰が紫ノ宮と一緒に出てきた。

「湊くんを連れてくるなんて、紫ノ宮さんすごいです!」

興奮気味に話しかけてくる赤峰に、「違います」とだけ返し、紫ノ宮は黙った。

私では無理だった……。

紫ノ宮は春子を口説いた明墨の鮮やかな弁舌を思い返す。


「私はあなたたちの証言なんて絶対にしません。そもそもあの男を家の中に入れた覚えはありません!」

家の前で頭を下げる紫ノ宮に春子はうんざりと吐き捨てた。しかし、紫ノ宮は頭を下げ続けるしか、説得のすべを持たなかった。

「夫を殺されてるんですよ。もうこれ以上しつこくするなら警察に……」

ふいに春子の言葉が止まり、紫ノ宮は顔を上げた。春子の視線を追って振り返ると、湊と手をつないだ明墨がこちらに向かって歩いてくる。

「先生？」

明墨は春子の前に立ち、言った。「いや失礼しました。湊くんがおもちゃを見せてくれると言うもので」

春子は湊の手を取り、自分のほうへと引き戻した。

「息子に近づかないで！」

湊を連れ、家に戻ろうとする春子に明墨は言った。

「死刑になるかもしれませんね」

不穏な言葉に春子の足が止まる。振り返った春子に明墨が続ける。

「私たちは緋山さんが犯人だとは思っておりません」

「……」

「事件の前日、湊くんが緋山さんを家の中に入れたと証言してくれています。これは、この事件において最も重要な証言になります」

春子は思わず湊を見下ろす。「？」と息子が見返してくる。

「羽木社長と緋山さんの関係は、ここ最近急激に悪化したとお聞きしました。その原因をご存知ですか？」

「……いえ」

「では、あなたが緋山さんに対して好意を持っていたんじゃないかという噂があるのは？」

「は？」と春子は気色ばんだ。「そんなの聞いたことない……！」

そりゃあ緋山は従業員のなかでは一番のイケメンだったから、それに関してみんなの前で軽口を叩いたことはあったが、そんなのは場の空気を和ませるためのちょっとしたコミュニケーションにすぎない。

「私はただ、カッコいいとかちょっと褒めただけで、そんなんで好意なんて……」

困惑する春子に明墨はさらに言葉を重ねていく。

「あくまで仮定の話をします。もし単なる冗談でも、あなたになんの他意はなかったとしても、それが羽木社長の耳に入っていたら……彼が勝手に邪推したことが関係悪化につながり、今回の事件に少なからず関係しているとしたら……」

「⁉」

「私たちはあなたに嘘をついてほしいわけではありません。あなたが緋山さんを家に入れていないのは事実だと思います。ですが、湊くんが緋山さんを家に入れたとはっきり教えてくれました。もし、このことが法廷で明らかにならなければ、緋山さんは有罪となり、一生殺人犯として生きることになります」

春子の頭に自分の言葉が充分に刻みつけられるのを待ち、明墨は続ける。

「こんな事例があります。殺人犯として逮捕され、死刑が確定。十年以上獄中生活を続け、いまだ死刑執行の日を待つ。でもそれが……本当は無実だとしたら？」

「！」

「家族を失い、暗くて寒い無機質な箱の中で、ただ死を待つだけの日々……奇しくもその事件も証拠が意図的にもみ消され、それに関わった人物は……今も深い後悔を背負って生きています」

春子の目をじっと見つめ、明墨は駄目を押す。

「あなたは、そんな人生を生きられますか？」

「……」

黙り込んだまま隣を歩く紫ノ宮を気にしながら、赤峰は明墨と一緒に裁判所を出た。後ろから春子と湊の親子が続く。

止まっているタクシーの前に春子を誘い、明墨が言った。

「ご協力ありがとうございました」

「これっきりですから」

ぶっきらぼうに言うと、春子は湊と一緒に後部座席へと乗り込む。明墨に一礼し、紫ノ宮もタクシーに乗り込んだ。

走り去るタクシーを見送り、明墨は赤峰を振り向く。

「赤峰くんもそろそろ時間では？」

「あ、はい！」


羽木家の前で春子と湊はタクシーを降りた。紫ノ宮が料金を払っていると、仕事を終えた従業員がひとり、工場のほうから歩いてきた。気づいた湊が春子の手を離し、「お兄ちゃん！」と駆け寄っていく。

その声に紫ノ宮はハッと振り返った。

「おー、湊くん」

湊に笑顔を向けるその男性に紫ノ宮は見覚えがあった。たしか佐藤という名前だっただろうか。明墨が気にかけていた従業員だ。髪を明るく染めており、雰囲気は緋山に似ている。もっとも顔の造作はまるで違うが。

「遊ぼうよ」と湊は佐藤の腕を引っ張る。

「わかったわかった」と湊にうなずき、「いいですか?」と佐藤は春子をうかがう。

「うん。ありがとう」

春子はそのまま踵を返し、家の中へと入っていく。

その背中に紫ノ宮は深く頭を下げた。

「ボールで遊ぼっか。あ、でももう家の中で投げちゃダメだぞ。またワンちゃんの上に乗っちゃうからな」

え……?

思わず振り向く紫ノ宮を見て、湊が佐藤に言った。

「このお姉ちゃんね、手品上手なんだよ」

湊を抱き上げ、佐藤が笑う。

「こら湊ー、手品が上手なのは隣の家のお姉ちゃんだって前言ってたぞー」

「そうだっけ?」

笑い合うふたりを見ながら、紫ノ宮は愕然となる。

まさか……。

「あの」

「はい？」と顔を向けた佐藤に紫ノ宮が訊ねる。

「今の話、ボールを取ってあげた話、うちの明墨に話しましたか？」

「え？……ああ、はい。この前ちょっと。家の中に入ったことはあるかって聞かれて」

「……」


夜、事務所の自室でコーヒーカップを手にした明墨が考えに耽っている。傍らにはつややかなクリーム色の毛をまとった愛犬のミルが伏せている。事務所のマスコット的存在でもある雌のゴールデンレトリバーだ。

ノックの音とともにドアが開き、「失礼します」と赤峰が入ってきた。「ちゃんと撮ってきました」と明墨にスマホを見せる。再生されているのは競馬場での尾形の様子を映した動画だ。

「これも弁護士の仕事なんですよね？」

「ご心配なく。条例には違反していないので」

不服そうな赤峰にそう返し、明墨は動画へと視線を移した。

「それはそうなんですが……先生はいつもこんなことを？」

質問には答えず、明墨は動画に見入る。尾形がイヤホンを外し、しきりに耳を触っている。

「……」

と、デスクの上に置かれた明墨のスマホが鳴りはじめた。画面に表示された『紗耶』という名前を見て、赤峰は気を遣い部屋から出た。

娘さんかな……？

ビデオ通話の受信ボタンをタップすると、画面に制服姿の牧野《まきの》紗耶《さや》が映し出された。

「あ、今、平気？　さっきリード買ったんだけど」

「ああ」

「古くなっちゃったでしょ。だから新しいの。でもさ、色に迷ってて」

紗耶が赤と緑のリードを画面に映す。

「どっちがミルだと思う？　似合うほう選んでよ」

紗耶の声を聞きながら、明墨の表情は自然と和らいでいく。

「紗耶が好きなほうでいいよ」

「えー」

「ごめん。まだ仕事中なんだ」

「あ、そっか。ごめん。あとでメールするね」

電話を切ったとき、紗耶は赤いリードを落としてしまった。通りがかった女性が「落としましたよ」とリードを拾い、紗耶に差し出す。

紗耶は奪うようにリードを取ると、礼も言わずに走り去った。

明墨は切れたスマホを見つめながら、ミルの背中に手を置いた。その温もりに気持ちがさらに穏やかになる。

※

翌日、会議室に揃った一同に向かって赤峰が、モニターに盗撮写真を表示させながら昨夜の尾形の行動を報告している。

「ずーっと張っていましたが、ギャンブル好き、酒好きという以外、特におかしな行動はありませんでした」

「はー、それでこの借金」

「え？」

白木がパソコンを操作し、モニターに尾形の借り入れ書類を表示させる。

「見て。消費者金融から合計百五十万円借りてるの」

「ギャンブルにそれだけ使ってるってことですね。でも、どうやってその情報を？」

「それ、聞いちゃう？」

意味深に微笑まれ、「怖っ……」と赤峰は耳をふさぐ。

「あと、実は被害者の羽木社長からも借りてたみたいですよ」と青山が言い添えた。

「いくらですか？」

紫ノ宮に聞かれ、青山が答える。

「三十万円ほど」

「従業員の中に、『金返せ』って怒鳴られてるの見た人がいるって」と白木が付け足す。

「つまり、尾形さんは被害者と金銭面でかなり揉めていた」

紫ノ宮の言葉に背中を押されるように、赤峰はずっと心に引っかかっていたことを皆に向かって話しはじめる。

「尾形さん、外歩くときは必ず眼鏡かけてるんですよね。事件のあのときだけ忘れるなんて。しかも、あんな夜に取りに戻るって」

「……」

「本当にそれが理由なんでしょうか？　もしかして……尾形さんが羽木社長を」

赤峰の話を聞きながら、明墨の口角がわずかに上がる。紫ノ宮が気づき、ハッとする。すぐに真顔に戻り、明墨が口を開いた。

「赤峰くん」

「はい！」

「次のレースに賭けようか」

「？？？」

まさか弁護士になって、連日のように競馬場に通いつめることになろうとは……。

それにしても競馬って土日しか開催していないと思ったら、普通に平日もやっているのだから驚きだ。しかも、いつもそれなりの数の観客がいるし……。

頭の片隅でそんなことを考えながら、赤峰はスタンド席の尾形の真後ろにスタンバイする。赤峰の隣には明墨が座る。

レースが始まり、尾形の視線が馬群に注がれる。次第に熱くなっていったその視線は狙った馬が最終コーナーを回った時点で熱を失い、ゴール地点ではすっかり冷え切っていた。罵声とともに尾形がイヤホンを外すのを見計らい、赤峰は大きな声を発した。

「あー、外れたぁ‼」

「……」

「三連複の3・5・6!! 5番と3番が逆だったら当たってたのに!!」

その声に思わず尾形が後ろを振り返る。

「慣れないことはすべきではないね、破ってしまおう」

そう言って明墨は手にした馬券を破ろうとする。

「あっ、ちょっと待て!!」

反射的に尾形の手が伸び、明墨の腕をつかむ。キョトンとしている明墨の顔を見て、尾形が言った。

「あれ? 検事さん?」

「え?」

「当たってんぞ、これ。これは三連複! 着順は関係ない。上位三着までに全部この番号が入ってれば当たりなんすよ!!」

興奮してわめく尾形に、しらじらしく赤峰が訊ね返す。

「え? そうなんですか!?」

掲示板のオッズを確認し、尾形は叫んだ。

「三十万当たってるぞ!!」

「それはすごい」

まるで感情のこもっていない明墨のリアクションに、尾形はあきれた。

「ったく……なんすか？　まさか偶然なわけないすよね」

「こないだ聞き忘れたことがありまして」

「……もう勘弁してくださいよ」

席を立とうとする尾形の前に明墨は馬券をかかげた。

「十万はあなたのものです」

「……ああ？」

「あなたが止めてくれなければ三十万円をドブに捨てるところでした。少なくとも十万円はあなたに権利があります」

「？？」

「どうです？　パーッと飲みにいきませんか？」

「……」

目の前の馬券にチラチラと目をやり、尾形が心を揺らせている間に、赤峰はあらかじめ用意していた大量の複製馬券を鞄にしまう。

こんな簡単に万馬券が当たるわけもなく、すべての組み合わせの三連複馬券の複製を白木が一晩かけて作成してくれたのだ。

競馬場近くのガード下にある居酒屋で、手にした万札入りの封筒を眺めながら尾形がうまそうにビールを飲んでいる。

「本当にいいんすか？　このお金」

「いいんですよ。ささ、どうぞどうぞ」と空になったグラスに赤峰がビールを注ぐ。

正面に座る明墨が訊ねた。

「尾形さんは今までどんな仕事を？」

「あ？　なんすか急に」

「ただの興味です」

「まあ、いろいろやりましたよ。居酒屋、カラオケ、交通整理……」

「どうしてそんなにいろいろと？」

苦い記憶を思い出したのか、「くそっ」と尾形は吐き捨てた。「どこも俺が使えねえってクビにした。どいつもこいつも俺をバカにしやがって」

そのとき、頭上を電車が通り、走行音が店内に響きわたる。

「そうでしたか。今のお仕事は続きそうですか？」

尾形はわずかに眉間にしわを寄せ、明墨の問いには答えずメニューに目をやる。文字が小さくてよく見えないのか、尾形は眼鏡を外した。

それを見た赤峰が言った。

「あ、やっぱり近視なんですね？　だから仕事中は外してるんだ。作業も細かい感じでしたもんね。でもってその眼鏡、事件の日にかぎって置き忘れてしまった、と」

「え？……」

誤魔化すように尾形はビール瓶に手を伸ばし、「ほら、お前も飲め」と赤峰のグラスに注ぐ。通過する電車の振動で、グラスの中でビールが揺れる。

「すみません。事件の話はやめましょうか。競馬はいつからお好きに？」と明墨が話題を変える。「来週のレースはどの馬が来そうですかね？」

ようやく電車が走り去り、店内が静かになった。

「つーか、仕事の話はやめようぜ。酒がまずくなる」

的外れな尾形の返しを聞き、明墨は内心でほくそ笑んだ。

「……そうですね」

いい感じに酔っぱらった尾形が、支払いを終えて店から出てきた明墨に訊ねる。

「で、なに、『異議あり！　弁護人はなんちゃらかんちゃらで、今のは誘導尋問です』

とか言っちゃうわけ？」

「いえ、私は言いません。むしろ言われる立場なので」

「あ？」

「申し遅れました。私、緋山啓太さんの弁護をしております、明墨と申します」

「弁護？　はあ、検事じゃねえのか!?」

「はい」

　狐につままれたような顔で明墨を眺め、「はっはー、わかった」と尾形はうなずく。

「あんたらはこうやって酒飲ませて、ご機嫌とって、俺をそっちにつかせようって腹だろ。弁護士さんはやることが汚いね。でも、俺はちゃんと証言しますよ。緋山が殺《や》ったってね……」

「かまいませんよ」

「！」

「ただ、今日のことはどうか内密でお願いします」

「ああ？」

「目撃証人にお金を渡し、さらにご馳走までしたとなると、組織犯罪処罰法七条、証人等買収罪に問われる可能性が……受け取ったあなたも同罪です」

「！」

「それとも十万円お返しいただけます？」

「……わ、わかったよ。今日のことは内緒な」

「はい」

フンと鼻を鳴らし、尾形は千鳥足で帰っていく。雑踏のなかにその姿が消えると、赤峰が明墨に言った。

「そんな法律ありませんよ」

「物事を知らないとは恐ろしいね……でも、それを知ってて教えない赤峰くんだって、私と一緒だよ」

「！……僕はただ、真実が知りたかったので」

「……では明日、法廷で」

歩きだす明墨の背中を見つめながら、今夜の尾形との時間にどんな意味があったのだろうかと赤峰は考える。

「……」

ゴミ袋を手にした三十代のコンビニ店員、松永理人《まつながまさと》が店の裏口から出てきた。赤峰はゆっくりと松永に近づく。気づいた松永は足を止めた。

「こんばんは」

「……」

松永は冷たい一瞥をくれると、赤峰に返事をすることなくゴミ袋を収集容器に捨て、店へと戻っていく。

ドアの向こうに消えた松永に、赤峰は深々と頭を下げた。

※

第二回公判——。

証言台へと向かいながら、尾形が弁護人席の明墨にニヤリと笑みを浮かべる。相当入念な打ち合わせをしたのだろう。余裕を感じさせる落ち着いた口調で姫野は尋問を開始した。

「尾形さん。あなたは事件当日、忘れ物をしたのに気づき工場に戻った?」

「はい。眼鏡を忘れて、取りに戻りました。もう閉まっているだろうと思っていたんですが、まだ明かりがついていて……」

　机に置いてあった眼鏡を手に取ったとき、羽木社長と緋山が揉める声が聞こえてきたのだ。

「見つかると面倒だと思って、社長がいなくなるまで動かないでいようと物陰でじっとしていました」

　姫野の要請に応え、尾形はそのときに聞いた羽木社長と緋山の会話を再現してみせる。

『お願いしますよ。今日はもう帰らせてください』

『いいよ。だからこの箱いっぱいにしたら帰っていいって何度も言ってるよね』

『でも……これは一つ作るのにもかなりの時間が』

『へえ、口答えするんだ？　世間のなんの役にも立てないヤツを、こっちは善意で雇ってやってんだよ？　育ちの問題？　親はどういう教育してんだよ？　今度母親連れてこいよ、説教してやるから。あー、死んだんだっけ？』

「――そう言い残して社長が出ていき、緋山のつぶやきが聞こえたんです。『……殺す』って。しばらくすると、ふたりの声が聞こえなくなったので、見つからないように帰ろうと思ったら自宅方面から悲鳴が聞こえて、それで見に行ったら……」

　口をつぐみ、顔をゆがめる尾形に、「嫌なことを思い出させてしまい、すみませんでした」と謝り、姫野は裁判官席へと向き直った。

「裁判長。工場内の監視カメラにも尾形さんが21時45分頃、工場に入った姿が確認できます。この証言は被告人が現場におり、被害者を殺害したという大きな証拠と言えます。以上です」

不安なのか苛立ちなのか、被告人席の緋山の足がかすかに揺れはじめる。

「では弁護人、反対尋問を」

坂口にうなずき、明墨は立ち上がった。ゆっくりと歩み寄る明墨に、どうもとばかりに尾形がアイコンタクトを交わす。

「弁護人の明墨から質問いたします。尾形さん、あなたは工場内で被害者と被告人の口論を聞いたんですよね」

「ああ」とつい馴れ馴れしく答えてしまい、「あ、いや」と尾形は慌てて言い直す。

「はい」

「本当に被告人は最後に『殺す』と？」

ムッとした表情で、尾形は「はい」とうなずく。

「わかりました。裁判長、証人の記憶喚起のため、新たな検証を行いたいのですが、よろしいでしょうか」

「弁護人、事前に申請されておりませんが」と坂口が明墨に注意する。

「すみません。ですが、これは尾形さんの証言における不確実性を証明する重要な検証材料になります」

少し考え、坂口は姫野へと顔を向ける。

「検察官、よろしいですか？」

嫌な予感がしたがここで変に抵抗すると逆効果かもしれない。姫野は仕方なく弁護側の検証を了承した。


用意が完了し、「では」と明墨が赤峰をうながす。赤峰がパソコンを操作し、スピーカーから男性ふたりの会話が流れだす。工場内での会話なのか、工作機械が発する騒音が背後に響いている。

『お願いします。今日はもう帰らせてください』

『いいよ。だからこの箱いっぱいにしたら帰っていいって何度も言ってるよね』

『はい。だから、もういっぱいに』

『え？　もう、この箱いっぱいに部品作ったの？　すげえなお前。わかった、帰っていいぞ』

さっきの尾形の証言を再現したのかと思いきや、最後はまるで違っている。どういうことなのかと法廷の一同が注目するなか、明墨が尾形に訊ねた。

「尾形さん。これはあなたの証言を参考に、被害者と被告人が話していた環境に似せて作ったものです。音声のなかで、最後の男性はなんとおっしゃっていましたか？」

しばし躊躇したあと、尾形が答える。

「……部品を箱いっぱいにするまで帰るなと」

尾形の答えに、法廷の多くの人々が怪訝な顔になる。明墨はさらに質問を続ける。

「尾形さん、あらためてお聞きします。この男性はどのような感じで話していましたか？」

「……こ、高圧的に……部品を作れと……」

「『帰っていいぞ』なんてことは？」

不安げに目を泳がせながら尾形が答える。

「そんなこと、言ってないです」

「実際聞いた被告人と被害者の会話も、この音声と同じような会話だったということですね」

念を押す明墨に尾形がうなずく。

「ああ、そうです……」

その言葉に法廷中の人々が驚き、不思議そうに尾形を見つめる。皆の表情が変わったのに気づき、尾形はハッとした。

「この音声にはあえて現場の環境に似せるため、工場の機械音を入れて作りました。では次に機械音を除き、セリフだけの音声をお聞きください」

赤峰が音声を再生し、先ほどと同じ会話がよりクリアに繰り返される。

最後のセリフを聞いた尾形は愕然とした。

畳みかけるように明墨が訊ねる。

「尾形さんにもう一度お聞きします。事件当時、この音声のように羽木社長は緋山さんを怒鳴りつづけていましたか？」

自分の秘密を知られていることに気づき、尾形は答えられない。姫野も助け舟を出すことができず、強く唇を噛む。

明らかに動揺している尾形の姿に、裁判員たちが不審の眼差しを向ける。

尾形をじっと見据え、明墨は質問を続けていく。

「あなたは本当に被告人と被害者の言い争いを耳にしたのでしょうか？　雑音のなかでは話の内容まで理解できなかったんじゃないですか？」

追い詰められ、尾形は明墨をにらむことしかできない。

「それに、本当に眼鏡だったんですか？　あなたは工場にいた本当の理由を隠すため、検察官と相談して、とりあえず眼鏡を取りに戻ったことにした。でも本当は眼鏡じゃないんですよね？　そうですね、例えば……補聴器とか？」

「異議あり！」と姫野が声を発した。「今のは弁護側の憶測にすぎません」

「ＡＰＤ、聴覚情報処理障害」

明墨から突きつけられた言葉に、尾形の心臓が跳ねる。

「あなたが抱えている病気です」

「……」

法廷の一同に明墨は説明していく。

「この障害は日常生活での会話にはあまり問題がありませんが、雑踏やにぎやかな場所では人の声にもやがかかったり、内容が理解できなかったりするものです」

尾形に向き直り、明墨は続ける。

「競馬がお好きなようですが、あなたは会場にいてもいつもイヤホンでラジオ実況を聞かれています。あれは競馬場が目や耳が不自由な方へ貸し出ししているラジオですよね？　場内は活気があふれて、うるさいですからね」

「……」

「事件当時の状況を隣に住む方におうかがいしました。事件の日は夜遅くまで工場から機械の音が聞こえていたそうです。緋山さんが作業していた機械は金属片を削るために使うもので、かなりの音がします。証人の供述を明確化するため、弁護人請求証拠第38号証の音声を聞かせたいと思うのですが。同一条件のもと工場内の音を録音したものです」

「わかりました」と坂口が認め、すかさず赤峰が機械音を再生する。耳障りな大きな騒音が法廷内に響きわたる。

一同が不快そうに顔をしかめる。尾形の表情が曇っていく。

音がやみ、法廷に静寂が戻ると明墨は尾形を仕留めにかかる。

「このような機械音のなかでも正確に会話を聞き分けられた……そうおっしゃるのですね」

「それは……」

「あなた、病気が原因で何度も職を転々とされていますよね」

居酒屋で酔っ払い、ベラベラとこれまで勤めた仕事の愚痴をこぼしたことを思い出し、尾形は明墨をにらみつける。

「お前……」

明墨は涼しい顔でその視線を受け止める。

姫野へと顔を向け、尾形は叫んだ。

「話が違うじゃねえか！　だから嫌だったんだよ！」

憤怒の表情で姫野に詰め寄っていく尾形を、廷吏たちが慌てて取り押さえる。騒然となる法廷に、坂口が大きな声を発した。

「お静かに！　ここでいったん休廷とします！」

退廷させられる尾形を追いかけようとする姫野に、「検事」と明墨が声をかけた。足を止め、姫野が振り向く。

「驚かれないんですね」

「……」

明墨は裁判員や傍聴人に聞こえるように声を張り、続ける。

「当然です。検事が証人の病気のことを知らないわけがない。耳のことがわかれば証言の信憑性が揺らぎますからね。尾形さんには『病気のことは絶対にバレないようにうまくやるから、言われたように証言してください』とでも言ったのでしょう。実に見事な『供述』でした」

「！……」

　感服したように頭を下げてみせる明墨に、姫野の顔が屈辱で赤く染まっていく。

　明墨が赤峰と紫ノ宮と一緒に法廷を出ると、目の前に尾形が立ちはだかった。周囲の目を気にし、明墨だけに聞こえるようにささやく。

「俺に近づいたのも耳のことを調べるためだったのか？　あんたらは人の病気さらしてまで、勝ちたいのか？」

　激しい怒りを向けてくる尾形に明墨が告げる。

「あの店で確信しました。電車の走行音で、私が何を話したか聞こえていなかったのだと……」

「……あんたは俺になんの恨みがあるんだよ。緋山は社長を殺した。あいつは犯罪者だ。殺人犯なんだよ！」

　明墨は顔を寄せ、尾形に言った。

「すみません。人の病気をさらしてでも勝ちたいんですよ。これが私の仕事なんです」

「ふざけんな!!　そのせいで俺はまた職を失うかもしれない!!　死ねって言ってんのか!!」

真剣な表情で、明墨は尾形の目をじっと見つめる。

「死にたいんですか？」

「!!」

「私はあなたの人生がどうなろうと関係ない。障害だろうがなんでも利用します。あなたがふたりの会話を聞いていたという証言が不確定なものであるかぎり、それを証明するためだったらなんだってやります。依頼人の利益のために力を尽くす。それが弁護士です。真実を話したまで。恨まれても困ります」

冷静なのに熱のこもった迫力ある弁舌に気圧《けお》され、尾形は黙る。

「……ただ、その代わりと言ってはなんですが」

「？」

「業務に支障がない範囲内で病気を理由とした解雇は不当解雇に当たります。今まであなたをクビにした会社をすべて訴えれば、おそらく一千万は勝ち取れるでしょう」

え……!?

「酒を酌み交わした仲です。いつでも無償で引き受けますのでよろしければ」

「……」

「私が言うのもなんですが、障害を理由に差別をするような人間は、許してはいけませんよ」

「!……」

※

裁判所から出てきた明墨の前を小学五、六年くらいの子供たちの集団が通り過ぎていく。社会科見学に来たのだろう。「こんにちは～」と挨拶され、明墨は軽く頭を下げる。

着信音が鳴り明墨は懐からスマホを取り出した。送られてきたのは緑色のリードをつけたゴールデンレトリバーの写真。ミルの兄妹犬のマメだ。

紗耶はマメの写真を明墨に送ると、散歩に戻った。前から人が来ているのに気づき、慌てて顔を伏せる。すれ違ったとき、スマホがピコンと鳴った。画面を見ると明墨からの『いいね』のスタンプだった。

紗耶の顔に笑みが広がる。

五歳くらいの女の子が笑っている。

薄暗い独房のなか、スケッチブックに走らせる鉛筆が生み出していくのはそんな絵だ。

志水裕策《しみずゆうさく》は出来上がった絵をじっと見つめ、自分の記憶と照らし合わせる。しかし、長い年月が記憶にいくつもの膜を重ね、もはやその絵が本当に似ているのかどうかも判然としない。

文机の脇には明墨から送られた手紙が積み重ねられている。封は開いているが、それは検閲によるものだ。

志水が実際に読んでいるかどうかはわからない。


緑川が検事正の部屋に入ると、伊達原泰輔《だてはらたいすけ》が社会科見学の小学生たちに向かって笑顔で話をしていた。傍らに立つ若手検事の菊池大輝《きくちだいき》に黙礼し、そっと隅に移動する。

「検事はね、罪を犯した人に謝ることの大切さを伝えるのが仕事なんだ」

「へー」と前に立つ幾人から声があがる。

「君たちもお母さんやお父さんに言われるよね？　悪いことをしたら、ちゃんと反省しなさいって。次からはやっちゃダメだよって」

「言われるー」

「でもね、それでも人間ってのは罪を犯してしまう。僕たちはそういう人たちに、自分のした悪いことと向き合える時間を作ってあげる。そしたらどうなると思う？」

「いい人になる！」

「あはは。そうなるといいね」

子供たちに笑いかける伊達原を、緑川がじっと見つめる。

「日本という国はね、罪を犯した人でもちゃんとやり直せる国なんだよ。みんなもどうしたら刑務所を出たあと、自分の居場所を作れるか、どうしたら幸せになれるか、考えてみてください」

「……」


公判が再開されるや、姫野が「裁判長」と手を挙げた。

「我々は新たな証拠調べの請求をさせていただきたいと思います」

「新たな証拠って……」

赤峰が明墨をうかがう。明墨に特に動じた様子はない。

坂口はまたかと思いつつ「どういう証拠なのですか？」と訊ねる。

「被告人が使用していたハンマーです。こちらは、ずっと発見されなかった本件の凶器になります」

ざわつく法廷のなか、姫野が明墨のほうへと歩きだす。その姿を緋山が鋭い目つきで追う。姫野はハンマーの写真を明墨に渡した。

赤峰と紫ノ宮も写真を覗き込む。ハンマーの金属部分には赤黒い血痕らしきものが付着しており、柄にはうっすらと『緋山』の文字が見える。

紫ノ宮は明墨へと視線を移す。なぜか明墨の口もとには笑みが浮かんでいる。


「どうするんですか、これから……」

東京拘置所の接見室。アクリル板をはさみ、緋山と明墨が向き合っている。

「慌てることは何もありません。あなたはいつも通りでお願いします」

「……けど、あのハンマーは俺ので――」

「緋山さん」と明墨がさえぎる。「よーく思い出してください」

「？……」

「事件が起きる前、あのハンマーをどこかで失くしませんでしたか？」

「！……」

緋山の脳裏に、初めてこの部屋で明墨と向かい合ったときのことがよみがえる。

この男は自信満々に言ったのだ。

「私があなたを無罪にして差し上げます」――と。

## 2

モニターの防犯カメラ映像を法廷の一同に確認させ、検察官はあらためて被告人への尋問を始める。

「暑かったので涼みたいという理由であなたは店内に手ぶらで入り、真っすぐ寝具コーナーに向かい、ズボンの前ポケットから袋を取り出し、その中に枕を入れ、店を出ようとした。たまたまポケットに袋が入っていたということですか？」

証言台に立つ七十歳くらいの老人が「……はい」とか細い声で答える。

「最初から盗もうと思って店に入ったんじゃないんですか？」

「……それはない——」

「あなたね」と検察官がさえぎった。「前回も前々回も同様のやり方で逮捕されてますよね？」

被告人の口を封じ、検察官が続ける。

「以上のことから、被告人が突発的ではなく計画的に枕を盗もうとしたことは明白であり、悪質かつ再犯の可能性は否定できるものではありません。以上です」

裁判長が弁護人席へと目をやり、紫ノ宮が立ち上がった。

「弁護人の紫ノ宮から質問します。その袋、あなたにとって大切なものだったんじゃないですか？」

キョトンとする被告人を気にせず、紫ノ宮は言った。

「過呼吸症候群」

「？」

「あなたは三か月前に一度、小田急線世田谷代田駅の構内で倒れていますよね」

被告人に言葉を差しはさむ余裕を与えず、紫ノ宮は続ける。

「弁護人請求証拠第12号証、被告人の心療内科での診断書を示します」

モニターに映し出された診断書を検察官は唖然と見つめる。

「被告人は過呼吸症候群で倒れたそのときの経験から、応急処置のために常に袋をポケットに忍ばせていた。このペーパーバッグ法は、現在医療的に推奨されてはいませんです が、今回に関してその袋は、被告が自分の命を守るために持っていたものであり、犯行への計画性はありません。ましてや前回逮捕されたときと用途も目的も違い、関連性があるはずもなく、再犯の可能性が高いとは言えません」

紫ノ宮の鮮やかな弁舌が法廷の空気を変えていく。

紫ノ宮が裁判所を出ると、道の向こうを歩いている明墨の姿が目に飛び込んできた。どうやら検察庁に向かっているようだが、距離もあるので声はかけなかった。

検察庁の閲覧室を訪れた明墨は過去の殺人事件記録を調べはじめた。小一時間ほどで目的を果たし閲覧室を出ると、緑川が歩いてくるのが見えた。そのまま立ち去ろうとすれ違うと、「珍しいですね」と背後から声をかけられた。

「調べ物ですか？　このままいけば緋山は有罪が確定する……そう報告を受けています」

余裕めいた笑みを浮かべ、緑川が言う。

「検察としては、その結果をお望みでしょう」と振り返り明墨が返す。

「罪を犯した人間は当然きちんと裁かれるべき……でしょう？」

「理想ですね」

「……」

「裁判はまだ終わっていません。では」

一礼し、明墨は緑川の前を去った。

「凶器ねぇ」

事務所では赤峰が凶器と目されるハンマーの資料を読み込んでおり、その横で白木がパソコンのモニターを覗き込む。

「たまたま付近を巡回していた警官が見つけた——って。公判中に見つかるとかタイミングがよすぎません？」

赤峰に訊ねられ、「怪しいねぇ」と白木はうなずく。

「工場から二キロ先の河原で見つかったんですよね。三か月も雨ざらし……それで被害者の血液反応が出たっつったって、そんなに血液って残ってるもんなんですかね？」

「ん〜、どうだろうね。服についた血は洗剤で三回洗っても反応するって聞いたことあるからね」

「じゃあ羽木さんの血液反応が出たってことは、凶器として使われたのはほぼ確——」

「まぁでも」と白木がさえぎる。「これだって決定的な証拠ってわけじゃないからね」

「たしかに。凶器は緋山さんのハンマーだったたってだけで。検察も緋山さんがそれを使って殺したとまでは証明できてない……」

そこに紫ノ宮が戻ってきた。

「お帰りー。どうだった？」と白木が裁判の首尾を訊ねる。

「二年ってところですかね。診断書、急遽ありがとうございました」

「過呼吸ってちょっと無理あるけど、さすがにあんなおじいちゃん、刑務所で死ぬなんてかわいそうだしねぇ」

どうやら、またグレーな裏技を使ったらしい。

あきれたような赤峰の視線は、紫ノ宮に冷たく弾き返された。


夕刻、明墨が事務所に戻り、全体会議が始まった。

「緋山さんは事件前にハンマーを紛失していて、それが何者かによって犯行に使われた。盗まれたか、誰かが拾ったってことですか？」

緋山に事情聴取した明墨からの報告を受け、赤峰が整理する。

「そんなとこだろうね。凶器は緋山さんの知らないところで勝手に使われ、偶然見つかった。ただそれだけのこと。特に気にする必要はない」

「気にしないって……」

いやいや、めっちゃ気になるし！

明らかに納得していない赤峰を無視し、「それよりも青山さん」と明墨がうながす。

うなずき、青山がパソコンを操作しはじめる。

「姫野検事について調べました」

モニターに姫野の詳細な経歴が映し出される。

「毎年、検事正から表彰されるほど結果を出し続けている方のようです。三十歳という若さで広域重要事件の主任検事に抜擢されたことからも、将来を嘱望されているようですね」

思わず赤峰が口をはさんだ。

「検事の経歴が何か関係あるんですか」

「これを」と青山が新たな資料を映し出す。判例の一覧表だ。

「彼が担当した裁判の一覧ですか？」

「はい」と青山は紫ノ宮にうなずく。「明墨先生が調べてくださいました。その中でDNA鑑定が必要だった事件は全部で九件。その担当はすべて、今回と同じ都立医科大学の中島《なかじま》忠雄《ただお》教授でした。中島教授は遺伝子解析研究の第一人者です」

「この人がどうかしたんですか？」と白木が訊ねる。「捜査機関が毎回同じ人にお願いするって普通のことですよね」

「事件が起こったのは今年の一月三十日」

話しながら青山はモニターに証拠一覧を表示させる。

「これだけの証拠が集まっていたにもかかわらず、警察はあえて緋山さんの任意同行を続け、器物損壊罪などの微罪で再逮捕を繰り返し、起訴までに相当な時間をかけた。明らかに担当検事の指示があったとみるべきでしょう」

「起訴までに時間が必要だったたってことか」

白木のつぶやきに赤峰が返す。

「決定的な証拠となる凶器を探していた……とかですかね？」

何も言わない明墨の表情から紫ノ宮は察した。

「何か別の理由があるんですね？」

「……検察官ってのは、自分たちに都合のいいストーリーを作る生き物だからね」

そう前置きし、明墨は語りはじめる。

「例えば、上層部からも大きな期待をかけられている優秀な検事が、ある殺人事件の担当になった。容疑者は犯人で間違いない。上層部も一〇〇％有罪だと思っている……しかし実際集まっているのは状況証拠ばかり。決め手となる証拠がいまだつかめていない」

一同の脳裏には自然と姫野の顔が思い浮かんでいる。

「どうしよう。このままでは相手の弁護士に今ある証拠を覆される可能性が大いにある。

優秀な検察官であるからこそ、注目を浴び、上司からの期待も大きい……この事件に負けてしまったら、今まで積み上げてきた実績に傷がつく……そう思い込み、自分にこう言い聞かせる」

『あいつは必ずやってる。正義のために有罪にならなければならない』――。

「そうだ。被害者の身体、例えば爪の間からＤＮＡが検出されたとしたら、それはかなり有効な証拠となる……そんなことを考え、あらためてＤＮＡ鑑定に出せと警察に指示を飛ばす。それと同時に深い深いつながりのある教授に連絡し、鑑定結果の改ざんを依頼した」

　絶句する赤峰とは対照的に、紫ノ宮は深くうなずいた。

「……そう考えると起訴までに時間がかかったことも説明がつきます。再鑑定をお願いして、鑑定結果を証拠化するにはそれなりの日数が必要ですから」

「あり得ないですよ」とすぐに赤峰が否定する。「検察が改ざんなんて」

「だが、現実にあった」

「！」

「十年以上前に障害者郵便制度悪用事件において、主任検事が証拠だったフロッピーディスクのデータを改ざんした。検察官も人間。このようなことが二度と起こらないと言い切れるのか」

「……」

「国民の模範となるべき政治家ですら、目も当てられないような不正や隠蔽を数多く行ってきた。警察だってそう。不正捜査や誤認逮捕、果ては反社会的組織との癒着……検察だけが何もしていないという確証はどこにもない」

言い返せない赤峰を尻目に、「調べるべきです」と紫ノ宮は前がかりになる。

「推測をもとにですか？」

懸念を示す赤峰を、「ほかに緋山さんが無罪だと示せるものがあればいいのですが……」と青山がうかがう。そう言われると赤峰も黙るしかない。

不服そうな赤峰をなだめるように明墨が言った。

「世の中の発見や発明はすべて、推測や仮説の上に成り立っているもんだよ」

「……」

「失礼します」

部屋に入るや、姫野はデスクについている緑川に訊ねた。

「何かありましたか？」

「明墨弁護士がねぇ、あなたの以前の裁判記録を調べていたみたいなの」

「！」

姫野をじっと見つめ、緑川が訊ねる。

「あなたを調べる理由、なんだと思う？」

「さぁ……」

無意識のうちに姫野の指が動き、ズボンに爪を立てはじめる。

目ざとく見つけ、緑川は「手。やめなよ、それ」と言った。

「あ……」

姫野は慌てて脚から手を離した。

「……」

※

大勢の学生たちが行き交う都立医科大学のキャンパスを、赤峰、紫ノ宮、白木が三者三様の佇まいで歩いていく。

赤峰はちゃんと学生に見えているだろうかとやや不安げに、紫ノ宮は毎日通っているかのように堂々と、そして白木はライダースジャケットにブルーのニット、ニーハイブーツを合わせたコーデで、「私もまだ学生いけるね」と足どり軽く歩を進める。

三人が目指すのは学内にある遺伝子検査室。そこで緋山のＤＮＡ鑑定がどのように行われたのかを探るのが目的だ。

まずは検査室の使用記録を調べるため、三人は研究管理課に向かった。

「遺伝子検査室の過去の使用記録を確認したいんですが」

紫ノ宮がそう声をかけると管理課の職員は言った。

「学生証をお願いします」

ハラハラと赤峰が見守るなか、紫ノ宮はバッグを漁るふりをしてから申し訳なさそうな表情をしてみせる。

「すみません。忘れてしまったみたいなんですけど……」

職員の顔つきが険しくなる。

大丈夫か……。

「あ、先日の全国法医学会『ゲノミクスカンファレンス』の参加証と集合写真があります」と紫ノ宮は参加証らしきものと集合写真を見せる。

職員は写真と紫ノ宮を見比べ、言った。

「ま、いいでしょう。ちょっと待っててね」

しばらくして使用記録のファイルを手に職員が戻ってきた。紫ノ宮が受け取り、開く。同僚に呼ばれ、職員がその場を去るとすかさず白木が記録を写真に収めていく。

管理課を離れ、歩きながら赤峰が白木に訊ねる。

「あの、さっきのって……」

「青山さんに用意してもらったの。写真も合成。学生証偽造してるわけじゃないから、ギリセーフ?」

「動揺を顔に出さないで」と紫ノ宮が赤峰に注意する。

「すみません……」

白木が撮影した画像を開き、皆で確認する。『2月1日12時〜18時　中島忠雄　DNA鑑定による個人識別』との記述がある。調書の通り、司法解剖の直後にDNA検査は行われていたようだ。

事務所の会議室で送られてきた使用記録を確認すると、青山はリモートでつながる紫ノ宮に言った。

「なるほど。二月一日に検査をしたのは本当のようですね。となると……検査結果は大体一週間で送られる。つまり検察が検査結果を見るのは二月七日、八日あたりですかね」

「だけど、その検査では緋山さんのＤＮＡは検出されなかった。そう考えるんですよね」

「はい。そこでまずいと焦った検察は、中島教授に再鑑定を依頼したんだと思います。緋山さんのＤＮＡを付着させるようにと」

「仮にそうだとして」と赤峰が割って入った。「改ざんにはなんで再鑑定が必要なんですか？」

「ＤＮＡ鑑定書には複製防止用の透かしが入るので直接の書き換えは難しい。たとえ元データを無理やりいじっても、人為的な改ざんは専門家ならすぐ見破れるそうです」

「でも」と白木が横から訊ねる。「緋山さんのＤＮＡはどう用意するんですか？」

「検察がＤＮＡを鑑定したというのは、すでに検察は緋山さんからＤＮＡを採取させてもらってるということなんです」

「あー」

「被害者の爪の間の皮膚片のＤＮＡと緋山さんから任意で採取したＤＮＡが一致するか照合してるわけですから」

「要するに」と赤峰が納得した様子で続ける。「正当な理由で手に入れた緋山さんのDNAが検察側の手中にあるってことですよね」

「なるほど」

「入手した緋山さんのDNAを被害者の爪の間から採取したとされているサンプルに混入させて、中島教授に再鑑定をさせる。もちろんそれは極秘下で」

カレンダーを見ながら紫ノ宮がつぶやく。「再鑑定をして拘留期間内にもう一度データを送るとなれば……」

「再鑑定が行われたのは二月九日から十五日のどこかでしょう」

青山との通話を終えた紫ノ宮は、あらためて検査室の使用記録を確認していく。その間に白木が中島教授のスケジュールを調べる。

「中島教授はほかの大学でも講義を持ってて、そっちは休講にはなってない。ってことは医科大に来れるのは月木金だけ」

「月木金のうち検査室が空いている時間は……」

十五日の12時から18時が空欄になっている。

「……この不自然な空欄」

紫ノ宮にうなずき、赤峰が言った。

「ここで二回目の鑑定が行われた……はず」

「だね」と白木も強くうなずく。


大学構内のカフェを出た三人は中央研究棟の遺伝子検査室へと向かった。道中も抜かりなく、紫ノ宮はスマホをいじるふりをしながら周辺の様子を動画撮影している。

幸いにも研究棟の廊下には人影がなかった。遺伝子検査室のドアの前に立ち、紫ノ宮はスマホをかかげたまま周囲を確認する。

「監視カメラはないようですね」

しかし、ドアの脇には暗証番号を入力する装置がある。セキュリティはかなりしっかりしているようだ。

「暗証番号がわからないと入れないようになってますね」

さて、どうしたものか……。

紫ノ宮が思案していると、いきなりドアが開いた。

「‼」

出てきたのは清掃員のおばちゃんだった。白衣の入った大きなカゴを持っている。

「あら、今から検査？」

「あ、いや、その、準備だけ……」と赤峰が慌てて誤魔化す。紫ノ宮と白木は顔を伏せ、そっと赤峰の背後に隠れる。

「学生さんは大変ね～。頑張ってね」

赤峰に声をかけ、おばちゃんは去っていく。その様子も紫ノ宮は動画で撮っている。

「びっくりした……おばちゃん出てきたときの紫ノ宮さんの顔、ヤバかったですよ」

「しのりん、そんな顔もするんだね～」

ふたりにからかわれ、紫ノ宮はムッとした。

「お疲れさまでーす」と研究棟の入口のほうからやって来た教授と学生たちに清掃のおばちゃんが挨拶するのを眺めながら、赤峰が言った。

「検査って普通、教授ひとりでするものなんですかね？」

「え？」と白木が聞き返す。

「いや、準備とかもあるし、ひとりじゃ大変かなって。それに誰にも気づかれないようにやるって、結構難しそうですよね」

紫ノ宮が真顔になり、「法医学教室の学生に話を聞いてみます」と歩きだす。

キョトンとなる赤峰に白木が言った。

「意外といいとこ目つけるじゃんって思ったんじゃない？」

「そうですかね」


法医学の講義終わりの教室に入るや、紫ノ宮は躊躇することなく前方の席に座っていた男子学生に話しかける。

「うちの大学院でＤＮＡ鑑定の研究をしてるんだけど、中島教授って助手とか募集してないかな？」

「無理じゃん？」と隣の学生が話に加わってくる。「いつも決まった人いるし」

「えー、マジ？　なんて人？」

「なんだっけ？　あの結構地味な感じの」

最初に話しかけられた学生が答える。「助教のミトちゃん。中島研の卒業生で、教授目指してるらしいよ」

「そうなんだぁ。ちなみに、そのミトちゃんっていうのは……」

笑顔を交えながら学生たちと話す紫ノ宮を遠巻きに眺め、白木がつぶやく。

「あんなふうにも笑えるんだね」

もちろん、赤峰にも意外なことだった。

カフェスペースに戻ると、白木は大学のデータベースを探っていく。

「えーっと、水戸水戸水戸水戸……いない」

「もしかして、これ……」と赤峰が『水卜健太朗《みうらけんたろう》』という名の助教を指す。

「なるほど。水卜健太朗でミトちゃんね。授業の担当は……『法医学概論Ⅰ』一つだけか。助教って結構厳しい社会なんだねー。論文書きまくって教授になれないと生活も大変らしいし」

「ちょうど授業が終わる頃ですよね。話聞いてきます」と紫ノ宮が席を立つ。一緒に行こうとする赤峰を、「大丈夫です」と制し、さっそうと歩いていく。

後ろ姿を見送りながら、赤峰がつぶやく。

「紫ノ宮さんって、なんかカッコいいですよね」

「あー、狙うんだったら覚悟したほうがいいよぉ。しのりんパパ、刑事さんだから」

「刑事？　はぁ……刑事の娘」

なんとなく腑に落ちてから赤峰はハッとした。

「別にそういうんじゃ」

そのとき、白木のスマホに着信が入った。

「あ、先生」とすぐに受信ボタンに触れる。「今、ちょっと流れで中島教授の直属の部下に話聞こうかって紫ノ宮さんが……」

授業を終えた水卜を捕まえると、紫ノ宮は目一杯の愛想を振りまく。水卜はすぐに陥落した。仏頂面さえしなければ、男が並んで歩きたがるような美人なのだ。

「『デス・エデュケーション』だよね」

「はい。法医学における生物的死と社会的死に関するレポート課題について中島教授に質問したところ、『デス・エデュケーション』という本が参考になると聞き、教授の本棚から持っていっていいと言われまして……」

紫ノ宮の話を疑うことなく、水卜は中島の研究室に招き入れた。

「『デス・エデュケーション』ならたしかここら辺に……」

水卜が本棚を探しはじめたのを見て、紫ノ宮は中島のデスクを漁ろうとしたが、すぐに目的の本は見つかってしまった。

「はい、これだね」

差し出された本を慌てて受け取り、紫ノ宮は言った。

「ありがとうございます。あともう一冊、『現代の法医学・改訂第二版』を」

「ああ……」

水卜がもう一度本棚に向かった隙に、紫ノ宮はすばやくデスクを探るがＤＮＡ鑑定に関するものは何も見つからない。

「じゃあ、これも持っていって」

「ありがとうございます」と紫ノ宮は差し出された本を受け取った。

「いいレポートになるといいね」

しかし、紫ノ宮は立ち去ろうとしない。

「まだ何か？」

「実は……最新のＤＮＡ鑑定について論文を書こうと調べていたんですが……ＤＮＡ鑑定の実際のデータが欲しくて。今度検査に立ち会わせていただけませんか？　水卜先生は中島教授の検査にアシスタントでつかれているとお聞きしましたので」

「悪いけど……さすがに検査結果は刑事事件に関係するから難しいかな」

「そうですよね……すいません。ならせめて、鑑定のときのサンプルや検査の詳細な記録などって残ってないですよね？」

「サンプルは返却するし、検査結果は鑑定書の記載がすべてだからなあ」

「ですよね～」

「あ、だけど、データは必ずプリントしてファイルに保存してるし、DNAシーケンサー自体にも『生データ』が残っていると思うよ」

「⁉」

「大学教授の論文データの改ざんが何かと問題になったでしょ？　ほら、ありもしない細胞の捏造とか」

「ありましたね」

結局、不正防止に完璧な対策なんてなくて、各自の倫理観に頼るしかない。自分の身を守れるものは自分だけしかいない……。水卜はその対策を講じていたのだ。

「たしかに検査結果の生データがあれば、論文を書くのにも材料になるかもしれない」

「閲覧するにはどうすれば……」

「立ち会いが必要になるけど……」

そう言って水卜は紫ノ宮に申し出た。「立ち会おうか？」

「……いえ、改めておうかがいいたします。ありがとうございました」

紫ノ宮は頭を下げると、そそくさと研究室を出た。

「DNA検査のデータファイル！」

事務所に戻った三人からの報告を受け、予想以上の成果に青山は大きな声をあげた。

「それにしても、うまく水卜助教の懐に入り込んだねぇ」と白木が紫ノ宮に感服する。

「……先生がこれを送ってくれたんで」

紫ノ宮はスマホに届いた明墨からのメールを見せる。そこには『デス・エデュケーション』や『現代の法医学・改訂第二版』など役に立ちそうな書籍情報が詳しく記されていた。

「この本を貸してほしいと言ったら、学生だと信じてもらえました」

「さすが、先生……」と白木がつぶやく。

赤峰はその三人のやりとりを、何か言いたげな表情で黙って見ていた。

※

その夜、大学を出てきた水卜に背後から明墨が忍び寄っていく。

「こんな遅くまで、ご苦労さまです」

いきなり声をかけられ、水卜はビクンと足を止めた。振り向く水卜に明墨は名刺を差し出す。弁護士の肩書を見て、水卜は一気に警戒感を強める。

「昨年、杉並区にある羽木精工という工場で殺人事件が起きました。ご存知ですよね？　その弁護を担当しております。明墨と申します」

水卜の手が無意識に指輪を触る。

「……私に何か？」

「中島教授のＤＮＡ鑑定について少々調べておりまして」

「私は一切関係ありませんので」

「二月一日に行われたという羽木さんのＤＮＡ鑑定の詳細な記録を確認したいんです。ご協力いただけませんか？」

「それはすべて検察に提出しました」

「やはり協力されているんじゃないですか」

「！……ち、違います。一般論です」

狼狽しながら言い訳する水卜の手がまた指輪に触れる。その様子を明墨は冷静に観察している。

「もういいですか？」

立ち去ろうとする水卜を、「あ、最後に一つだけ」と明墨が止める。

「二月十五日の12時から18時の間はどちらに？」

「！」

明らかに水卜の表情が変わった。

「急いでいるんで、失礼します」

明墨の前から水卜は逃げるように去っていく。

翌日、赤峰はふたたび都立医科大学を訪れていた。中央研究棟の前、行き交う学生たちに紛れながら、スマホで明墨と話している。

「本当に水卜助教が来るんですか？」

明墨のスマホのスピーカーから届く赤峰の声を聞きながら、紫ノ宮、白木、青山の三人はそれぞれ自分のパソコン画面を見ている。映っているのは赤峰の鞄に取り付けられた小型カメラが撮影している映像だ。

赤峰の問いに明墨が答える。

「中島教授の助手でいることに相当不満を抱えているようだと、彼の友人たちが口々に」

いつの間に調査を……と赤峰は驚く。

「その理由は、中島教授の不正に付き合わされているから」

「！」

「彼は終始怯えている様子だった。人は緊張や極度のストレスを感じると身に着けている物を触ることがある。ずっと不安と恐怖を抱えて生活しているんだろうね」

「水卜助教に会われたんですか？」と紫ノ宮が訊ねる。

「昨夜少し揺さぶりをかけておいた」

「でも、まだ憶測にすぎませんよね」と赤峰が懸念を示す。

「不正への関与が疑われていると知ったら、彼は気が気じゃなくなる。となれば必ず検査結果の生データの存在が気になり、それを外部に移そうとするはずだ。検査室に入れないなら、持ってきてもらうしかないからね」

すかさず青山が検査室のスケジュールを画面に出す。

「今日、検査室が空いているのは今の時間だけです」

「さあ、待つとしようか」

スマホから聞こえてきた明墨の声を聞き、赤峰はボソッとつぶやいた。

「で、また僕が……」

そのとき、赤峰の視線の先に水卜が姿を現した。

「来た！」

通話状態のままスマホをポケットに入れると、赤峰は学生たちに紛れるようにして水卜の背後へと回る。

水卜は警戒するように周囲を見回し、中央研究棟の中へと入っていく。すぐに赤峰もあとを追った。

遺伝子検査室の前に来ると水卜は立ち止まった。赤峰は廊下の角に身をひそめ、鞄に仕込んだカメラを水卜に向けながら遠巻きに見守っている。水卜は辺りに誰もいないのを確認してから暗証番号を入力し、中へと入っていく。

「番号まではさすがに見えないか……」

水卜は二、三分で検査室から出てきた。覚悟を決め、赤峰は水卜の前に立った。

「こんにちは。明墨法律事務所の赤峰です」

「！……」

「水卜先生、今日、検査はないはずです。どうしてこちらに？」

「そ、それは……」

「何かを探していたのではありませんか？」

「な、何を言っているのかわかりません」

「でしたら、その鞄の中を見せてもらえませんか？」

「！……」

観念したかのように水卜はうつむく。

「水卜先生？」

顔を上げたと思ったら水卜はいきなりダッシュし、赤峰の脇をすり抜ける。

「あ、待ってください!!」

慌てて伸ばした手が水卜の鞄に届き、赤峰は反射的に引っ張った。鞄が落ち、中身が廊下にぶちまけられる。

「!!」

しかし、散らばっているのはペンケースやノート、大学の広報誌などで、データファイルらしきものはない。赤峰は鞄の中も確認したが、やはり入ってはいなかった。

「ない……」

「私は忘れ物を取りにきただけですよ。何なんですか!!」

混乱する赤峰に向かって水卜は声を荒げた。

「弁護士さんでしたよね？　このことは上にも報告しますので。失礼いたします」

去っていく水卜を赤峰は茫然と見送った。

一部始終をパソコン画面で見守っていた紫ノ宮がため息をついた。

「私が行けばよかったですね」

「まあ、紫ノ宮さんは顔知られちゃってますからね」と青山。

明墨は特にがっかりした様子もなく、言った。

「まあ、しょうがない」

「先生、こうなることちょっとわかってました？」

白木に聞かれるも、明墨は答えない。

慌てて中島の研究室を訪ねた水卜はデスクの上のデータファイルを見て、つぶやく。

「……もうすでに移していたんですね」

水卜からの報告を受け、すぐに中島は姫野に連絡を入れた。

「うちの助教が狙われましてね……ああ、大丈夫だよ。生データはこちらで痕跡が残らないよう抹消しておきます」

「そうでしたか。ご連絡しておいてよかったです。目的のためならどんな汚い手でも使う最低の弁護士なんで」

「そのようだね」

「ご迷惑をおかけしてすみません。あの、もしよろしければ先生のお力をまたお貸しいただけませんか？　正義のためです」

「人使いが荒いね、君は」と中島は笑った。「まあ仕方ない。司法の場を飯のタネにしか考えてない連中の駆除なら任せてくれ」

「ありがとうございます！」


翌日、明墨と赤峰は西東京弁護士会から呼び出しを受けた。

「申し訳ございませんでした」

弁護士会懲戒委員会の事務局長と中島教授に深々と頭を下げる赤峰の隣で、明墨は特に反省の色も見せず突っ立っている。

「明墨先生、弁護士としてあり得ない行為ですよ！」

事務局長の叱責を受け、明墨が口を開く。

「失礼しました。まさかこんなことをしでかすとは」

え……!?

赤峰は愕然と明墨を見つめる。

「若いとはいえ、度が過ぎていたのは事実です。私のほうからしっかり指導させていただきます。では、これで」

帰ろうとする明墨を中島が慌てて引き留める。

「謝罪をすれば済むと思っているんですか？」

「まだ何か？」

「この男がしたことは私への侮辱だ」

「はあ……」

反応の薄さに中島の顔がひきつっていく。「君もずいぶんな態度だな。君たちのやったことは弁護士の秩序と信用を著しく低下させたんだぞ。ですよね？」

ふいに振られ、「え？　あ、はい……」と事務局長が曖昧にうなずく。

「懲戒委員会に申し立てをさせてもらう。委員長の川名弁護士とは昔からの長い付き合いでね。私が言えば――」

「さすが中島教授。ずいぶんな鶴のひと声をお持ちで」と明墨がさえぎる。

「彼だけじゃない。上司である君の監督責任も追及させてもらう」

「どうぞご自由に」

余裕綽々と受け止める明墨に中島は目を見開いた。

「では、これで失礼します。行こうか」

明墨にうながされ、赤峰は驚く。

え、これで終わり……？

帰りかけた明墨は、「あ、そうだ」とドアの前で中島を振り返った。

「よろしくお伝えください」

「？」

「姫野検事に」

「‼」


エレベーターでふたりきりになると赤峰は憤然と抗議した。

「ずるいですよ、先生！　さっき僕だけの責任にしようとしましたよね‼」

「そうだっけ？」

「……次はどうするんですか？」

「次とは？」

「生データという証拠が隠滅されてしまった以上、検査結果の改ざんを知る方法はもうないんですよね？」

「……」

「このままじゃ本当に懲戒処分に……」

不安げな表情になる赤峰に明墨は言った。

「大丈夫。裁判までに不正を暴けば万事丸く収まる」

「でも……」

「じゃあ、私は少し寄るところがあるので」と明墨はとっとと去っていく。

「え……」


「懲戒処分かあ……」

デスクで頭を抱える赤峰の背中をバシッと白木が叩く。

「大丈夫だって。人生先はまだ長い」

手にした書類の束をデスクに置き、白木が続ける。

「こっちも終わってもらっちゃ困るのよ」

「？」

顔を上げた赤峰に書類を一つずつ指し、指示していく。

「これ、おばあちゃん万引き認めっちゃったって。あとここ、競馬場の飲食費なんて経費で落ちないから。あとね、まだあるよ」

「鬼……」

手にしたコーヒーを赤峰に渡し、青山が言った。

「でも、弁護士があきらめたら依頼人は誰を頼ればいいんですかね？」

「！」

「明墨先生はまだあきらめていませんよ」

「……」


一台のバイクが道を走っている。目の前のトラックが角を曲がるとバイクも続く。どうやらあとを追っているようだ。

やがて、トラックはとある会社の敷地内へと入っていった。バイクも会社の前で止まり、ライダーがシートから降りる。

ヘルメットを脱いだ紫ノ宮は、顔にかかった髪をかき上げ、トラックが入っていった清掃会社をじっと見つめた。


その夜、赤峰は拘置所の緋山を訪ねた。接見室に現れた緋山は、アクリル板の向こうに座る赤峰の姿に驚く。弁護士の面会だと聞き、明墨だと思っていたのだ。

「……ひとりで来られたんですか?」

「……」

緋山は席につき、「裁判……大丈夫そうですか?」と訊ねた。

「……大丈夫です」

「!」

「と言いたいところなんですが……どう反論しても、凶器のハンマーは緋山さんの所有物であると判断され、物的証拠として採用すると思います」

「……」

「ただ、被害者の爪から検出されたDNA検査に不正があったかもしれません」

「不正……?」

「検察の取り調べでDNAの採取に同意されましたよね」

「え?」

「いわば、検察は緋山さんのDNAをいかようにもできるってことです。もしそれを被害者の爪から採取されたサンプルに混入されたら……」

「そんなこと……」と緋山は絶句する。

「すみません……あきらめるなって言われてここに来ました。でも……」

「明墨先生なら、なんとかしてくれますよね」

その言葉に引っかかり、赤峰は探るように緋山を見つめる。

「？……」

「緋山さん……一つだけ聞いてもいいですか？」

「……」

「本当に、羽木さんを殺してないんですよね？」

わずかな沈黙ののち、緋山は答える。

「はい」

「そうですか……」

「？……」

「僕、明墨先生に憧れてこの事務所に入ったんです。半年前にあった冤罪事件、無実の人を救った先生がすげえなって思って……僕もそうなりたくて……助けたくて……」

「……」

スーツの裾を強く握りながら、自問自答するように赤峰は訊ねた。

「今回もそう思っていいんですよね？　あなたの無罪を証明するために僕たちは動いているんですよね？」

「！……俺は……」

赤峰の背後を見て、緋山は目を見開く。

「話は終わりましたか？」

「‼」

赤峰が振り返ると明墨が立っていた。

「先生……」

「緋山さん。心配いりません。あなたが有罪になる理由はありません」

「……」

「赤峰くん。裁判というものの勝ち方を見せてあげよう」

「……」

※

第三回公判――。

姫野に質問を受けた明墨が席を立って答えている。

「凶器についてですが、現物が見つかったものの被告人がそれを使って殺害をしたという証拠までは出ていない。そう申し上げることしかできません」

「……まあ、いいでしょう。判断するのは裁判員のみなさんです。それでは――」

話を変えようとした姫野にかぶせるように明墨が続ける。

「それと本日、DNA鑑定を担当された中島教授の証人尋問がありますので、その際に少し質問をさせていただきたいと考えています」

姫野の表情が変わった。警戒するような視線を明墨は涼しげに受け流す。


証言台に立った中島が、姫野の質問に則ってモニターに映ったDNA鑑定の結果について説明している。

「この被害者の爪に付着していた皮膚片のDNA型と被告人のDNA型は完全に一致するものであります。被害者の爪に被告人の皮膚片が入るということは、両者の間に揉み合いがあったことが推認されます」

「ありがとうございます。検察官からは以上です」

「では弁護人、反対尋問を」

裁判長の坂口にうながされ、明墨は弁護人席を立ち、ゆっくりと中島のほうへと向かう。証言台のすぐ横に立ち、明墨は中島を見つめた。真剣な表情が微笑みを浮かべた優しいものへと変わっていく。

「⁉」

「教授は法医学の権威として検察主導の死因究明に数多く携わられてきた。なかでも遺伝子検査は、医学部の遺伝子検査室ですべて行われた。間違いありませんか？」

「その通りです」

「衛生面とセキュリティー管理が行き届いた検査室で……？」

「ですから、その通りです」

「つまり、中で何をやっていても外からは一切わからないですよね？」

「あのね、検査結果には日付も検査データも添付してある。彼のDNAが検出された、そのことがしっかり証明されている！」

「まぁまぁ、そう焦らないでくださいよ。時間はたっぷりありますから」

笑みを浮かべながら中島をなだめる明墨の態度に、姫野が苛立ちはじめる。

「被害者のDNA鑑定が行われたのは、鑑定書にある通り、二月一日で間違いありませんか？」

「間違いない」

「その一回ですね？」

「さっきから何が言いたいんだ！」

執拗な質問に、ついに中島がキレた。すかさず坂口が明墨に注意する。

「弁護人、質問の意図を明確に」

「では明確に申し上げます」

明墨はしっかと中島を見据え、切り出した。

「教授、あなたは今回のDNA検査、一度だけではなく二度の鑑定を行いましたね」

「⁉」

一気に法廷がざわつきはじめる。傍聴席からは「二度ってどういうこと？」などのささやきが聞こえてくる。

「記憶喚起のため弁護人請求証拠第42号証を示します。こちらの資料を見てください」

紫ノ宮がパソコンを操作し、検査室で行われた検査一覧と入室記録をモニターに表示させる。

「これは二月九日から十五日の一週間に検査室で行われたDNA鑑定の一覧です」

モニターを一瞥し、中島が言った。「普通の記録じゃないか」

「はい。この記録には何もおかしな点はありません。ただ、見てください。二月十五日の12時から18時の間、使用記録のない空欄となっているところ」

「……ええ」

「この間、二度目の検査が行われた可能性があるんです。中島教授、どうですか？」

法廷がふたたびざわつきはじめる。

「……どうと言われても、私にはなんのことだか」

「そうですか」

そのとき、弁護人席から紫ノ宮が立ち上がった。

「質問に当たって、弁護人の紫ノ宮から少し前提状況の整理をさせてください」

中島が不安げな視線を紫ノ宮に送る。

「先に申し上げた通り、遺伝子検査室は衛生面の管理が厳重になされています。入室時には専用の白衣の着用が義務づけられ、使用した白衣は週に一度のクリーニングに出すためのカートに入れられる。教授、ここまではよろしいですね？」

「……はい」

「ではさらに記憶喚起のため、弁護人請求証拠第43号証の資料を示します」

モニターの資料が清掃会社の白衣回収記録へと変わる。

「こちらの週をご覧ください。合計十八回の使用でのべ二十九人が利用。つまりカートから回収された白衣は二十九着のはずですが……なぜか三十一着の白衣が回収されていました。白衣を回収されるクリーニング業者に直接確認したので間違いありません」

紫ノ宮の話を聞きながら、赤峰は会議室での打ち合わせを思い出す。

動画に映っていた清掃員のおばちゃんの姿から、使用済みの白衣に着目した彼女の機転には正直驚かされた。

しかも、すぐに清掃会社を突き止め、使用記録を手に入れたのだ。

「再検査の疑惑のあるこの週だけ、検査室に入った人数と白衣の数が合いません」

そう言って、紫ノ宮は皆に資料を見せた。

「検査記録よりも二着多いってことは……」

前のめりになる赤峰を、「ですが」と紫ノ宮が制する。「これだけでは中島教授が極秘で再検査したことの証明にはなりません」

「だよねぇ」と白木がうなずき、赤峰も冷静さを取り戻す。

「誰かが複数使ったのかもしれないし、裁判でもはぐらかされて終わる可能性がありますね」

「これだけではね」

明墨はそう言って、鞄から一枚の書類を取り出した。

「不正に付き合わされる人間は、その呪縛からずっと逃れたいんだよ」

テーブルに置かれた書類を見て、一同は息を吞んだ――。


モニターに映し出された『31』と記された白衣の回収記録を見ても中島はまるで動じなかった。それどころかさも愉しげに笑いはじめる。

「待ちなさい。それだけで私が再鑑定を行っていたとでも？」

紫ノ宮が口を閉じたのを見て、中島が畳みかける。

「その二着を私らが使用したという確証は何もないじゃないか！　裁判長、こんなの許していいんですか？」

「ちなみにですが」と明墨が割って入った。「教授は二月十五日の12時から18時の間は何をされてましたか？」

中島は心外そうな顔をしつつ、「あー、その日は……水卜助教と打ち合わせをしていたね」

「そうですか。用意されていたようにスムーズにおっしゃいますね。もしかして聞かれること、わかってました？」

「なっ……木曜日のこの時間は必ず打ち合わせをしているんだ。水卜くんに聞いてもらえばすぐにわかる」

「そうなんです」と我が意を得たりと明墨がうなずく。「聞いたんです！」

「⁉」

明墨は微笑みながら裁判官のほうへと視線を移す。

「ここで新たな証拠を申請いたします」

「ちょっと待ってください！」と慌てて姫野が声をあげた。「また検察に事前開示されていない証拠ではないですか。採用は認められません！」

「検察官の言う通りです」と坂口がうなずき、明墨に苦言を呈する。「このタイミングで新証拠の提出は――」

すぐに明墨がさえぎった。

「この証拠は中島教授の鑑定を根底から覆す極めて重要な証拠です。入手したのが直前でしたので申請時期については申し訳ありませんが、この証拠を黙殺することは真実発見の観点、ひいては裁判の道義に反します。万が一にも冤罪を防ぐために、どうか認めていただきたい」

「詭弁だ！　裁判長、ルールを無視した弁護人のやり方に惑わされず、なにとぞ公正な判断を」

見るからに動揺している姫野の様子に、裁判員たちの中に疑惑がふくらんでいく。裁判長にとっては言わずもがなだ。

「検察官、まだ何かあるんですか？」

「‼」

「……冤罪を防ぐことは、裁判における最も重要な目的です。検察官は証拠を確認して、意見を。よろしいですね」

姫野は黙るしかなく、指先が太ももをカリカリかきはじめる。

「では、あらためて弁護人請求証拠第48号証の映像を再生いたします」

モニターに映し出されたのは、明墨の質問に答える水卜の姿だった。

『あなたは中島教授から二月十五日にありもしない打ち合わせを行っていたとアリバイ工作を頼まれた。それは真実ですか？　水卜さん』

『……はい。その通りです』

水卜の答えに法廷が騒然となる。

『それは、教授と極秘でＤＮＡの再鑑定を行うためですか？』

『はい……』

法廷のざわめきはどんどん大きくなっていく。

『あなたは立場上、教授の命には逆らえなかった』

『はい……』

『今回、正直に話してくれたのはなぜでしょうか？』

『法医学に携わる人間として、黙ってはいられませんでした』

『……勇気ある告発、ありがとうございました』

映像が終了し、明墨は顔面蒼白の中島へと向き直る。

「教授、あなたの望んだ水卜さんの証言です」

「……ふ、ふざけるな！　彼は君に虚偽の証言をさせられたんだ！　本人を呼んでこい！」

「そういうあなたの高圧的な態度に怯え、ビデオでの証言をされたんです」

中島の豹変ぶりに法廷の空気は一気に弁護側へと傾きはじめる。

「念のため、水卜さん本人の署名付きの告発文も用意していますので、こちらも先ほどの映像と同様の理由で、のちほど証拠請求いたします。筆跡鑑定書も一緒に」

「!!」

ざわめきがさらに大きくなり、坂口が鋭い声を発した。

「静粛に！」

「ちなみに、検査結果の生データはすでに中島教授の手によって証拠隠滅されていました。ですが不正の証拠は水卜助教が個人的に複製し、保管していたので残っています。弁護人としては、ぜひ職権にもとづき、判事ご自身の目でご確認いただければと存じます」

坂口から中島へと視線を移し、明墨が言った。

「ですよね、中島教授」

「！」

圧に耐えきれず、中島は目を伏せてしまう。

アメリカ大統領の候補者演説のように、法廷に明墨の声が響いていく。

「もうみなさんもおわかりの通り、もともと被害者の爪には被告人のＤＮＡなどついていなかった。ですが、あなたは二度目の検査で故意に被告人のＤＮＡを付着させた」

「……」

「まあ、そうするように頼まれたのでしょう」

そう言って、明墨は思わせぶりに姫野に目をやる。

「!!」

「あなたは検察側から金銭の見返りを受けていたのではないですか？」

中島は思わず姫野に視線を走らせる。間髪入れず、明墨が訊ねる。

「今のは、どうすればいいか助け舟を求めたんですね」

「ち、違う……」

明墨は姫野に鋭い視線を向ける。

「検事。被告人を起訴できる証拠を十分に揃えられなかったあなたは、こんな汚い手を使った」

「勝手な憶測だ！」

「憶測ついでに言わせてもらいますが、同じことがこれまでも行われてきたんじゃないですか？　同じ方法を使えばいくらでもできますからね」

「‼」

明墨は法廷を見渡し、一同に語りかけていく。

「日本の刑事事件における裁判の有罪率は九十九・九％。ドラマでも言っていましたよね……つまり検察官が起訴すれば、有罪が確定することを意味しています」

「……」

「その数字の重圧を最も感じているのは、我々弁護士ではありません。検察官です」

「……」

「日本の捜査機関は優秀だから誤認逮捕などあり得ない。そう信じ切っている国民の期待を裏切ることはできません。起訴したからには有罪にしなければならない。検察官はありもしない制約を義務づけられる……」

明墨は芝居がかった仕草で姫野を振り返った。

「そんな重圧が彼を追い込み、不正を誘ってしまった」

「！」

今や法廷は明墨の独壇場だ。法廷にいるすべての人の目と耳が、明墨が操る弁舌に引き込まれている。

「みなさんも心当たりありませんか？　組織に属している人なら誰しも、全体が作り上げた考え方を前に、自分自身を捻じ曲げてしまった経験が。……生活のために、家族のために、感情を押し殺すしかない……こうだと決められていることには、なかなか反対しにくいものなんです。緋山さんがパワハラに声をあげなかったのも、尾形さんが耳の病気を隠し続けたのも、すべては生きていくため仕方のないこと」

「……」

「残念ながら、今の日本はまだそんな社会です」

「……」

「ただ、司法に携わる人間は、人の一生を左右する立場にあることを一秒たりとも忘れてはいけない。ゆがんだ思考が、平穏な暮らしを求めていた罪なき人の人生を奪ってしまう。それだけは絶対にあってはいけない……」

自戒を込めた強い言葉のあと、明墨は坂口へと視線を向ける。

「裁判長。あなた方にも同じことが言えます。裁判の数をこなすことに精一杯で、検察が提出する証拠を疑おうともせず判決を下しているのなら、あなた方も役割を果たせていないのと一緒です」

「……」

「この法廷が、人が人を裁くために公正な審判を行う場となることを心から願います」

「……」

静まり返る法廷のなか、緋山は深々と明墨に頭を下げた。

ひと足先に法廷を出た赤峰が廊下の隅で明墨を待っている。その手には『暴行』『松永さん』『正一郎』などと書かれている『No.7』のノートが握られている。

「公正な審判……」

法廷から明墨と紫ノ宮が出てきた。赤峰はノートを鞄にしまい、ふたりに駆け寄る。

「お疲れさまです。あの……水卜さんをどうやって味方に？」

紫ノ宮も知りたいことだったので、明墨へと顔を向ける。

明墨はおもむろに語りはじめる。


研究棟を出たところで明墨に呼び止められた水卜は不愉快そうに顔をしかめた。

「言いましたよね。私には関係のない話だと」

「我々は裁判で教授の不正検査を追及していきます。メディアへの告発も考えています。そうすれば協力者としてのあなたも罪を問われることになる」

「……」

「ハプロタイプ解析を用いたＤＮＡ型個人識別に関する最新の論文を読ませていただきました」

水卜の顔に驚きの表情が浮かぶ。

「中島教授の名前で登録されていましたが、本当はあなたが書かれたんですよね？」

「……なぜそれを？」

明墨は鞄から三枚の書類を取り出した。すべて英語で書かれた論文だ。一枚目は著名な科学雑誌に中島の名で載った論文。二枚目は実際に中島が書いた論文。三枚目は水卜が博士号取得のために書いた論文だった。

「文章には筆癖というものがあるんです。筆跡だけじゃない。パソコンで打ったものにも、そして英文にもその人の癖が出ます。中島教授は否定形を使う際に、can'tやdidn'tのように省略形を用いる。それに対してあなたはcannotのようにnotを独立させることで、より強い打ち消しを伝えようとしている。これは中島教授のものではないとでも言うかのように……」

明墨は一枚目の論文をかかげ、言った。

「これはあなたが書いたものです」

「……」

「この論文からも、あなたが大変優秀な方だということがわかります。だが、教授はあなたを絶対に認めないでしょう。優秀なあなたを自分の下に置いて、都合よく利用し続けたいからです。そんな上司にかぎって、お前のためを思ってやってるんだとか言うんでしょうけどね」

「……」

「このまま教授の共犯者になりますか？　そうするのであれば、私はあなたも一緒に地の果てまで追い込むことになりますが」

「!!」

その言葉で水卜は中島を裏切ることを決めた。

もっとも水卜の心が動いたのは、明墨が自分の叫びに気づいてくれたからだ。

あの論文は、本当に会心の出来だった……。


顚末を語り終え、明墨はこう締めた。

「彼が自分で自分の道を選択したということだ」

その言葉に哀しみのようなものが宿っている気がして、赤峰は明墨の心中をうかがう。

明墨はそれ以上言葉を重ねることなく、待ち受ける報道陣のほうへと歩いていく。

その背中を紫ノ宮がじっと見つめている。

報道陣の前に立ち、明墨は語った。

「検察官が法医学者とともに証拠を捏造した可能性が出てきました。これはこの国の司法制度を冒瀆する行為にほかなりません。起きてはならないことが起こっています。検察は姫野検事がひとりで行ったこととして、知らぬ存ぜぬを貫き通すでしょうが……果たして本当に誰も知らなかったのでしょうか?」

大いなる疑問を投げかけ、明墨はさっそうと報道陣の前から去っていく。

歩きだした明墨の足は、しかしすぐに止まった。

行く先に緑川が立っていたのだ。

ふたりの視線がぶつかり、複雑に絡み合っていく。

※

そして、判決公判の日がやって来た。

明墨、赤峰、紫ノ宮と対峙する検察側の席に姫野の姿はなく、代わりの検察官が憮然とした顔で座っている。

証拠の捏造という前代未聞の不祥事により、敗北濃厚の裁判だ。貧乏くじを引かされたのだから、不機嫌になるのも致し方ないだろう。

法廷の一同を見渡してから、裁判長の坂口は証言台の緋山を見つめる。

「それでは、判決を言い渡します」

「……」

「主文。被告人は無罪」

「!!」

騒然となる傍聴席を気にもせず、坂口は淡々と判決理由を述べていく。

赤峰は興奮を抑えきれないが、隣の明墨はいつもと変わらぬ冷静な顔で坂口の話を聞いている。


裁判所を出た途端、待ち構えていた報道陣が明墨と緋山に向かって群がってきた。もみくちゃにされながら赤峰と紫ノ宮がふたりのために通り道を作る。

明墨は隣を歩く緋山に車の鍵と小さな紙片を渡し、耳もとでささやく。

「あとは自分で頼みます」

「!……」

報道陣に対応するため明墨は立ち止まり、その隙に緋山は輪の中から離れた。

記者たちの矢継ぎ早の質問に答えていく明墨を遠巻きに見ながら、緋山は深々と頭を下げた。

その様子を赤峰がじっと見守っている。

『その後の調査で、姫野元検事と都立医科大学の中島元教授の間に金銭の受け渡しがあったことが発覚しました』

テレビから流れてきた姫野と中島の証拠捏造事件の続報に、白木、青山、紫ノ宮の三人は作業の手を止めた。

「すごいことになってきたね〜」

愉しそうに目を細める白木に、青山が冷静に返す。

「でも、検察は控訴するでしょうね」

「意地でも緋山さんを有罪にしたいはずです」と紫ノ宮が強くうなずく。

「んー」と腕を組み、白木が重々しい声音で言った。

「この事件は序章にすぎない」

「？」

「って、ぽくない？　言ってみたかっただけ」

紫ノ宮はスルーを決め込むも、青山の表情はかすかに揺れる。

「申し訳ありません。姫野検事のことは、私の監督責任です」

深々と頭を下げる緑川を、「ううん、君のせいじゃない」と伊達原は鷹揚《おうよう》に受け止める。

「……」

「権力を求めたら後戻りなんてできないんだよ。相応の覚悟が必要なんだ。姫野くんはちょっと足りなかったかな」

「そのようですね」

「組織って怖いよねー。『検察は正義じゃなきゃならない』『何がなんでも有罪にしろ』──そんなこと一度も言ったことないんだけど。僕、そんなに怖いかな？」

問いには答えず、緑川は話を変えた。

「明墨弁護士のこと、ご存知だったんですね」

「有名人だもん、彼。顔もいいしね。マスコミは好きだよね、彼みたいなの」

「……」

「でも」

「？」

「ちょっとうるさいよね」

伊達原は緑川に笑顔を向けた。まるで笑ってなどいないその目を見て、緑川はうすら寒さを感じてしまう。

その頃、赤峰は緋山が運転する車をタクシーで追っていた。無罪放免となった緋山がどんな行動を起こすのかが気になり、様子をうかがっていたのだ。明墨法律事務所に入ってから、尾行への抵抗もなくなってきた。

一時間弱走っただろうか。赤峰の目に飛び込んできたのは、路肩に止めてある緋山の車。タクシーを止め、ゆっくりと近づく赤峰、車には誰もいない。

赤峰は、周囲を見回す。

そして、目の前の施設へ足を踏み入れる。

だだっ広い作業場に出た赤峰は目を見張った。目の前に押しつぶされた不燃ゴミが山のように積み上がっているのだ。

廃棄物処理場か……。

嫌な予感がふくれあがっていく。

赤峰はきょろきょろと辺りを見回し、緋山の姿を探す。と、ポツリと雨の雫が顔に落ちてきた。

奥のほうからいきなり人影が現れ、赤峰は慌てて物陰に身を隠す。

緋山だ。

不燃ゴミの山の前に立つと、緋山は鞄を開け、中から衣類のようなものを取り出す。

まさか、血痕のついたジャンパーを処分しようとしている……⁉

たまらず赤峰は緋山の前に躍り出た。

「緋山さん‼」

「！」

急に雨足が強まり、対峙するふたりの顔を濡らしていく。

「あの……それは……？」

緋山はうっすらと笑みを浮かべ、手にしたジャンパーをかかげる。

「‼……」

赤峰が一歩を踏み出した瞬間、緋山はジャンパーを投げ入れた。ひらひらと舞いながら、ジャンパーがゴミ山へと落ちていく。ショベルカーのアームにつかまれ、廃棄されていくジャンパー。

「あ、あ……」

声も出ず、動くこともできない赤峰を一瞥し、緋山はその場を立ち去っていく。

雨のカーテンの向こうへと消える緋山を、赤峰は茫然と見送るしかできなかった。

明墨がミルに餌をあげていると赤峰が部屋に入ってきた。ずぶ濡れになったコートから、雫がポタポタと床に落ちる。

「最初からわかっていたんですね」

　振り向いた明墨に、赤峰は言った。

「緋山さんは罪を犯していた」

「……」

「たしかに先生の勝ち方はすごいです……でも、いくら依頼人とはいえ、ここまでして無罪にする必要があるんですか？」

　感情のうかがえない眼差しで見返すだけの明墨に、赤峰は苛立つ。

「緋山さんは人を殺してるんです！　きちんと反省をうながすのも弁護士としての役割ではないでしょうか？……先生の正義が、どこにあるのかわからなくなりました」

「正義、ね……」

　つぶやき、明墨は赤峰の目をじっと見つめる。

「例えば、大切な家族に命の危険が迫っていたら……」

「？」

「目の前で、ナイフを持った男に大事な家族が殺されそうになっている。こっちはその男を殺せるナイフを持っている。赤峰くんならどうする？　家族を守るために、その男を殺すか？」

「……どうしてそんなことを？」

「……単なる興味だよ」

小さく息を吐き、赤峰は言った。

「殺します」

その答えに、明墨は微笑んだ。

「誰しも大事な人が殺されそうになったら、人を殺す」

「……」

「大事な人を守るためにやむを得ず人を殺した者……殺意を持って人を殺そうとしたができなかった者……罪が重いのはどっちだろうね？」

「……」

「『正義』とは何なのだろう？」

明墨の問いが鋭い刃のように赤峰の喉もとに突きつけられる。

「単なる二文字の言葉に踊らされ、そう問われると誰も答えなど見つけられない。正しさは、国や文化、立場によって変わる。百人いたら百通りだ」

「……」

「私は君の意思を尊重する。したいようにすればいい。ただ、君が君の正義を貫くように、私は私の道を突き進む」

淡々と思いを告げると明墨はしゃがみ、足もとにうずくまるミルの背中を優しく撫でる。

「……」

「手紙が届いてるぞ。面会希望だそうだ」

看守から差し出された封筒を、億劫そうに立ち上がり、志水が受け取る。

「俺がここに着任して五年目になるが、初めてだな。面会希望を出してくるのは」

差出人を見ると、やはり『明墨正樹』と記されている。

志水は封を切ることもなく、無造作にその手紙を文机に放った。

※

誰もいない事務所に紫ノ宮が入ってくる。オフィスを通り抜け、明墨の部屋へと向かう。主が不在のデスクをためらうことなく漁りはじめる。

デスクの上には仕事関連の書類のみ。引き出しを開けると一番上に写真が入っていた。手に取り、眺める。

写っているのは、中学生くらいの女の子に寄り添う二頭のゴールデンレトリバーだった。一頭はもしかしたらミルかもしれない。

「……」

紗耶が施設の玄関に入ると、廊下の向こうから「紗耶ちゃん、お帰りー」と子供たちが元気に駆けてきた。血のつながりはないが、ともに暮らす弟妹のような存在だ。跳びはねながらまとわりついてくる子供たちを、「ただいまー」と受け止め、紗耶は奥へと入っていく。

丘の上に立った明墨が整然と並ぶ墓石を眺めている。

ゆっくりと丘を下り、西洋風の墓の前に立つ。墓には『REIKO MOMOSE』と刻まれている。

花を手向け、明墨は黙禱する。

『私は君の意思を尊重する。したいようにすればいい。ただ、君が君の正義を貫くように、私は私の道を突き進む』

　強い覚悟を秘めた明墨の言葉を受け、赤峰のなかに迷いが生じはじめた。

　たしかに明墨の行動は、法に携わるものとして決して許されるべきものではない。

　しかし、なぜ明墨は殺人を犯した緋山を無罪にするなどという行動をとったのだろう。依頼人だからという単純な理由だとは到底思えず、それが赤峰を悩ませる。

「白木さん、蒲田の傷害事件の現場資料って揃ってますか？」

「え〜っと、富田正一郎《とみたしょういちろう》さんの件ですよね？」

　ふいに耳に飛び込んできた名前に、赤峰はハッとした。

「ふたりが午後出社なので、共有フォルダにまとめておきました。あとで送っておきます」

「ありがとうございます」と青山が白木に礼を言う。

　赤峰は急いで共有フォルダを覗く。『富田正一郎』の名前の入ったファイルを見つけ、

# 3

すぐに開いた。

四月二十五日。初公判。依頼人・富田正一郎。傷害事件……。

赤峰は食い入るようにパソコンの画面を見つめ、資料を読み進めていく。


ミルとマメを連れた明墨と紗耶が並んで道を歩いている。久しぶりに会えたのが嬉しいのか、ミルとマメははしゃぎ、赤と緑のリードが揺れる。

「ニュース見たよ。テレビにもあんなに出ちゃって」とからかうように紗耶が言った。

「見てるこっちが恥ずかしいんだよね。せめてヒゲ剃るとかしてよ」

「すみません……」

微笑み合うふたりの間は和やかな空気に満ちている。

その様子を背後からこっそりうかがう人物がいる。

紫ノ宮だ。

「……」

保護犬施設に入っていくふたりを紫ノ宮がじっと見つめている。

※

富田正一郎の傷害事件の初公判。赤峰が補助に入ることになり、明墨の隣の席につく。検察側の席に座るのは緑川。若手検事の菊池が隣にいる。

単なる傷害事件のわりに報道陣の数が多いのは、被告の富田正一郎が著名な国会議員・富田誠司《とみたせいじ》の息子だからだろう。傍聴席には富田の秘書、小杉和昭《こすぎかずあき》の姿もある。

緑川の視線に明墨が応えたとき、裁判長の橋本《はしもと》が法廷に入ってきた。続いて刑務官に連れられ、正一郎が姿を現す。

赤峰の目に尋常ならざる光が宿る。視線を感じたのか、正一郎が赤峰を見た。その口角がかすかに上がる。

「‼」


人定質問、起訴状朗読、罪状認否が終わり、緑川がふたたび立ち上がった。検察側の冒頭陳述だ。

「起訴状にも示した通りですが、今回の暴行事件が起こったのは三月八日、現場は大田区蒲田の『クラブサウザンド』の路地。店内入口の防犯カメラに記録がある通り、被害者である工藤弘和《くどうひろかず》さんは23時45分に退店。店を出た直後、突然、何者かによって後ろから突き飛ばされ、店の横の路地で暴行を受けました。男はパーカーのフードをかぶり、顔を隠していましたが、工藤さんは地面にうずくまる直前、被告人である富田正一郎の顔を目視したと証言しています」

資料から顔を上げ、緑川が続ける。

「今回、被告人の起訴に至った事由は三点です。一点目がただいまの被害者本人の目撃証言。二点目が事件発生の約一時間前、クラブサウザンド店内で被告人と工藤さんの間に激しい口論があったという点です。店内にいた客から複数証言を得ています」


先に突っかかっていったのは被害者の工藤のほうだった。

「わー、見たくない顔に会っちゃったー」

無視して正一郎は立ち去ろうとしたが、工藤はその前に立ちふさがった。

「いいよね、国会議員の息子さんは。仕事できなくても、ただいるだけでいいんだもんね。必死こいて稼いでる俺らとは違うね。コネ入社って給与体系一緒なの？」

正一郎がにらみつけるも、工藤は挑発をやめない。

「まあでも、いい歳こいてパパがいねえと何もできないってのもね」

強く握った正一郎の拳が震える。

「あー、ごめん。怒んないでよ。揉めたくはないでしょ？　パパのためにも」

どうにか怒りを押し殺し、正一郎はその場を離れた――。

「被害者の言動に対する怒りが暴行の動機となったと考えます。また、被告人と被疑者の間には過去にも同様のトラブルがあったことも確認できています」

無論、明墨もそれを承知している。

「そして最後に三点目ですが、事件の第一発見者で当時客として来店していたAさんの証言です。Aさんは店から出る工藤さんのあとをつけるように出ていった被告人の姿を目撃しています。そのときは変だなくらいにしか思いませんでしたが、およそ三分後、Aさんが店から出ると被告人が目の前を横切り、大通りへ向かう姿を目撃。Aさんは両者の間に何かあったのではないかと被告人が現れたほうへ向かうと、暴行を受けた被害者の姿を発見。Aさんはすぐに救急へ通報し、被害者は病院に搬送されました。Aさんが通報をした時刻は23時48分。消防指令センターにも記録が残っています。つまり被告人は、この三分の間に暴行を加えたと考えます」

「……」

緑川の冒頭陳述が終わり、続いて明墨が立ち上がった。

「被告人は被害者との間に口論があったことは認めています。ですが、本件に関しては無罪を主張しています」

　赤峰がチラッと様子をうかがうと正一郎は落ち着いた表情で明墨を見つめている。

「事件発生当時、被告人は車で迎えにきた被告人の友人、木田智也《きだともや》さんから電話を受け、店を出ました。そのまま大通りへ向かい、路肩に停車していた木田さんの車に乗って、木田さんの自宅に直行しました。被告人、木田さん、両者のスマートフォンに23時45分に通話をした記録が残っており、店内の防犯カメラにも電話を受け、会話をしている被告人の姿が映っています。木田さんも通話後、すぐに正一郎さんが車に乗ったと証言されています」

　明墨の冒頭陳述が終わり、裁判長の橋本が裁判を締める。

「各供述の信用性の有無が争点となりますが、それぞれの証人の反対尋問は予定通り次回以降となります」

「……」

　じっと被告人席の正一郎を見つめ続ける赤峰を、明墨が冷静に観察している。

「ああ、そうなの。今度は君が」

「はい」

緑川からの報告を受け、伊達原は渡された公判資料をめくっていく。

「富田先生のご子息だ。世間は騒ぐだろうね。政治家の子供のスキャンダルは大好物だから。ま、そういうときだけ権力抑止をかかげるマスコミもどうかと思うけどね」

資料から顔を上げ、伊達原は緑川を見た。

「明墨弁護士、大丈夫ですか？」

「ご心配には及びません。富田正一郎は確実に罪を犯しています。それに私は、明墨弁護士がしていることに納得はいっていません」

「姫野検事も悪かったけど、罪を犯した人間にはちゃんと罰を与えなきゃね」

「……」

「人殺しを無罪にするなんて、そんなこと絶対にあっちゃいけないよね」

強い意志を込め、緑川はうなずいた。

「はい」

公判資料を渡しながら青山が明墨に訊ねる。

「赤峰さん、どうですか？　最近は」

「……」

「うちの方針に戸惑っているようですが」

「彼には彼なりの意思があってここに来ているはずです」

「そうですね。今は様子見といったところでしょうか」

「ええ……」

青山が部屋を出ていき、ひとりになると明墨は窓のほうへと向かう。ぼんやりと夜に浮かぶ街の灯りの手前、ガラスに反射した自分の姿が映っている。

「……」

手にしたドーナツをレジに置き、赤峰は制服姿の松永を見つめる。松永は機械的に手を動かし、ドーナツをレジに通す。ビニール袋に入れ、無言で赤峰に渡す。

「……あの、松永さん」

赤峰を無視し、松永は隣のレジに並んでいる客に声をかけた。

「お並びの方どうぞ」

後ろに客が立ち、赤峰は仕方なくレジから離れた。

※

クラブサウザンド脇の路地で明墨、赤峰、紫ノ宮の三人が現場検証をしている。

「工藤さんはこの路地に背後から突き飛ばされ……」

言葉で確認しながら赤峰が犯行状況を再現していく。

「この辺りで暴行を受けたんですね。お腹と……」

詰まる紫ノ宮に、「あと頭も」と赤峰が付け足す。

「すみませんね。ほかの案件で入るのが遅れて、今朝資料を見たので」

ジロリとにらまれ、赤峰は慌てた。

「いえ、すいません。そんなつもりで言ったんじゃ」

いつもと変わらない赤峰の様子を確認し、明墨が言った。

「じゃあ私は、先に中に」

「あ、はい」

明墨を見送るとふたりは現場検証を再開する。

「調書の通り、監視カメラは外に……」と赤峰は辺りを見回す。「ないですね」

うなずく紫ノ宮に赤峰が大通りのほうを示して話を続ける。「木田さんの車が止めてあったのは向こう。あの通りにも踏切にも車が映ってるカメラはありませんでした」

「……」

「いまどきドラレコ付けてないってどうかと思いません？」

それには答えず、紫ノ宮が訊ねる。

「木田さんのマンションのカメラ、見れますか？」

赤峰はタブレットにマンションロビーの防犯カメラ映像を再生させる。映像を確認し、紫ノ宮がつぶやく。

「24時に正一郎さんと木田さんがロビーを通っていることはたしか」

「通常ここからマンションまでは車で十五分ほどです……48分に出たとしても十二分、まあ三分くらいなら急げば時間を誤魔化すことは可能です」

被害者目線の赤峰の言い回しに、紫ノ宮がいぶかしげな顔を向ける。

「あの、依頼人は正一郎さんですが」

「!……」

ドアを開けると開店前でまだ静かだったが、営業時の喧騒を想像しながら、赤峰が紫ノ宮に言った。

「こういうところで遊べる人って、人生楽しめてそうですよね」

「羨ましいんですか？」

「いや……」

「偏見だ」

いつの間にか背後にいた明墨が話に加わってきた。

「え？」

「弁護士はみんな頭がいいと言われているのと同じ。実際はそうじゃない。楽しそうに遊んでいる裏で、いつ人を殴り殺してもおかしくないくらいストレスを溜め込んでいるかもしれない。人間なんてそんなもんだ」

「……」

赤峰がしゅんとなったとき、「いやあ、すみません。お待たせしてしまって」と店長らしき男性が明墨に声をかけてきた。

「こちらこそ、お忙しいところ」

「店長の三上《みかみ》です」と男は赤峰と紫ノ宮に挨拶する。

三上はすぐに明墨に向き直り、笑みを浮かべた。

「今日はなんの御用で？」

やけに馴れ馴れしいその表情が、赤峰は気になる。

奥のテーブルに場所を移すと、紫ノ宮はさっそく工藤について訊ねた。

「富田正一郎さんに暴言を吐いていたと聞きましたが、工藤さんは普段からいろんな人に同じようなことをしていませんか？」

「あ〜、そうなんですよ」

「！」

「正直、あの人自分で会社を経営してるからか、プライド高くて。そんな大きい会社じゃないのに。でも自分より偉そうな人が来るとむきになって……」

愚痴交じりの話を前のめりに聞く紫ノ宮とは対照的に、赤峰は少し引き気味に三上の様子を観察している。

店を出るや紫ノ宮は明墨に言った。

「工藤さんの悪い噂をもっと集めてみます。動機や証言の信用性を崩す方向に持っていければと」

「ああ」

裁判をどう戦っていくのか、その方向性が見えてきて紫ノ宮のモチベーションも上がってきたようだ。勢いよく赤峰のほうを振り向く。

「明日から常連客を当たりましょう」

「……」

「赤峰さん？」

「あ、はい……」


次の全体会議で、紫ノ宮は聞き込みで集めた情報を一同に披露した。

「ここ数日、調べた工藤さんについての情報です」

モニターに映し出されているのは、クラブの常連客による工藤への苦情や工藤に関する悪い噂ばかりだ。

「クラブサウザンドの多くの客からトラブルメーカーとして認知されており、日常的にも暴言や自分を大きく見せる発言などをしているとの証言が取れました」

モニターを見ながら明墨がつぶやく。

「……恨みを持っている人間は複数いるかもしれない」

なぜか表情を曇らせる赤峰に、明墨が訊ねる。

「赤峰くん、何か言いたいことが？」

「！……いえ。次の裁判までもう少し、現場周辺を調査してきます。もし真犯人に関する情報が見つかれば、一気に解決に向かうと思うので」

不穏な空気を感じとり、紫ノ宮は怪訝そうにふたりをうかがう。

「ああ。頼むよ」

「はい……」


その夜、赤峰はふたたび事件現場へと赴いた。

店の前から路地に入ると人感センサーが反応し、ライトがつく。

「ここで暴行が起きて」

路地から出て、大通りへと移動する。

「正一郎は、ここで車に乗る……だけど」

少し離れたところから若い女の子たちの笑い声が聞こえてきた。目を向けると三、四人の女の子たちがペイントされた壁をバックに写真を撮り合っている。

「……?」

赤峰が次に訪れたのは木田のマンションの駐車場だった。資料を見ながら木田の車を確認し、車内を覗く。

「ドラレコはやっぱ、付いてない。でも、事件後すぐに外したってことも……」

赤峰の挙動を不審に思ったのか、マンションの管理人が声をかけてきた。

「どちらさま？」

「あ、いえ、いい車だなあと思って。すみません！」

赤峰は慌ててその場を立ち去った。


事務所に戻るとデスクに紫ノ宮の姿があった。

「まだ残ってたんですね」と自席に向かいながら声をかける。

「来週の業務過失致死傷罪の準備もあるので」

「忙しいですね」

「で、有力な証拠は？」

「いえ。見つかりませんでした……」

「先生も検察もすでにいろいろ調べているはずですから、今さら出てこないのは――」

「紫ノ宮さんは」と赤峰がさえぎった。「この事件の真犯人は誰だと思いますか？」

「……？」

「被害者とAさん、目撃者がふたりもいるんです」

「正一郎さんがやったって言いたいんですか?」

「!……ただ、工藤さんの人間性を突くだけでは、証拠として弱いと思います」

「明墨先生のことです。何か考えがあるんだと」

この人は弁護士の倫理を平気ではみ出す明墨先生のやり方に疑問を抱かないのだろうか……そんな思いが心をよぎり、赤峰は訊ねた。

「紫ノ宮さんは、どうしてそんなに先生の指示に従うんですか?」

「……先生の考えに近づきたいので」

思わぬ答えに、赤峰はその意味を考える。

※

第二回公判――。

証言台に立っているのは工藤だ。腕には包帯が巻かれている。その工藤に明墨が質問している。

「事件当日、被告人の富田正一郎さんはあなたに罵倒されたとおっしゃっていますが、事実ですか?」

「いいえ」

「クラブサウザンドの店長や常連客から、あなたはこれまでもほかのお客さんともトラブルを起こしていたとの証言もありますが。間違いありませんか？」

「揉め事は多少あったかと思いますが、大きなトラブルなどは起こしていません」

「少し調べただけでも、二か月の間に四件はあったと」

「覚えがありません」

「覚えていない？　自分で起こしたことなのに？」

すかさず検察官席から緑川が声を発した。

「裁判長。質問の意図が曖昧です」

「弁護人は質問の意図を明確にしてください」と橋本が注意する。

明墨は質問の角度を変えた。

「たった二か月の間に起こったことを覚えていないというあなたが、一か月前の事件のことを明確にお話しできるでしょうか？」

「私は暴行を受けたんです。さすがにそのときのことははっきり覚えています」

「事件が起きたのは深夜です。辺りは暗くなかったですか？」

「店のライトがついていたので」

「ライトがついていたので、顔がはっきりと見えた？」

「はい」

「そのライトはどこに？」

執拗な質問に、工藤は少しイラつきはじめる。

「店の横の路地のところに」

「なるほど」

うなずき、明墨は裁判官席へと視線を移す。

「裁判長。ここで証人の供述明確化のため、事件現場で撮影した動画を見ていただきたいのですが」

打ち合わせにない明墨の申し出に、赤峰と紫ノ宮が驚く。

「事前に申請されていませんが、どういったものでしょう？」

「クラブサウザンドの店長、三上さんに許可をいただき、当時の事件現場の状況を再現したものです」

「検察官」と橋本は緑川をうかがう。

「確認のうえ、お答えします」

緑川の了解を得て、明墨はモニターに映像を再生させた。映像はクラブサウザンドの入口を出るところから始まった。画面の下には『23：45』と時刻が表示されている。

「これは事件当日と同時刻に撮影し、状況を再現したものです。カメラは被害者、工藤さんの視点となっています」

映像が路地へと近づき、明墨が工藤に訊ねる。

「あなたは店を出たあと、路地のほうへ歩いていきましたよね？」

モニターを見ながら工藤が答える。

「はい……」

と、映像がいきなりぶれ、路地へと倒れ込んだ。カメラが上を向き、突き飛ばした男の姿を捉える。しかし、画面は暗く犯人の顔はよく見えない。

明墨はそこで動画を止めた。

「この際に被告人の顔を目視したとありますが……」

「待て！」と工藤が大きな声をあげた。「襲われたときはこんなに暗くなかった！　店のライトがついていたはずだ！」

「たしかに現場には人感センサー付きのライトがありました。ですが三上さんに話をうかがったところ、事件当夜、ライトは故障していて点灯していなかったとのことです」

赤峰は思わず明墨を見た。

「そんなはずはない！」と工藤が叫ぶ。

明墨は用意していた備品の交換リストをかかげた。

「こちらにも明確に記載されています。事件の数日後、ライトの電球を替えたと」

「！」

赤峰がボソッとつぶやく。「そんなのいくらでも……」

思わず紫ノ宮が赤峰を見る。

「異議あり」と緑川が口をはさんだ。「だからと言って、事件当日が映像と同じ明るさだったとはかぎりません」

「ですが、明るかったかどうかの証明もできませんよね？」

口を閉じた緑川に代わって工藤が叫ぶ。

「見えたものは見えた！　あいつが俺を!!」

「ちなみになんですが、犯人役の男は何色のパーカーを着ていますか？」

「は？　グレーだろ？」

「そうですか」

明墨は一時停止していた映像を再生させる。転んでいたカメラが起き上がり、犯人役の男を映しながら店の前へと移動していく。画面が明るくなり、男の姿がはっきりと見えはじめる。男が着ているパーカーの色はグレーではなくブラウンだ。

　ざわつく法廷のなか、明墨が言った。

「人間の目というものは錯覚をし、記憶というのは偏見と思い込みによって作られる。下手したら無実の犯人を作り上げてしまうことだってあり得ます」

「！……」

　赤峰は正一郎へと視線を移した。目が合い、正一郎の口もとに笑みが浮かぶ。

「‼」


　裁判から戻った三人を、「お疲れさまです」と青山と白木が出迎える。青山のイスにかかったブラウンのパーカーを見て、紫ノ宮が言った。

「私にも教えてもらえれば、協力できたのに」

「紫ノ宮さんはほかの案件でお忙しいからと先生が気を遣って。赤峰さんも自分で調べたいだろうと」

「違う」と赤峰が青山をさえぎった。

「？」

赤峰は明墨に真顔を向け、迫る。

「先生はまた、犯罪者を無罪にするんですか」

驚く三人をよそに、明墨に動じる様子はない。赤峰はさらに明墨を問い詰めていく。

「映像のこと、事前に僕たちに教えなかったのは、クラブの店長の三上さんの証言を買収したからですよね？」

「……」

「事件当時、ライトは正常についていたはずです。だけど、富田誠司が金を使って、こちらに有利な証言をさせたんじゃありませんか？」

「富田誠司……正一郎さんの父親が……？」と紫ノ宮がつぶやく。

「先生はそのことを隠すために、僕らにも映像の存在を教えなかった。あの備品リストだってそうだ。きっと正一郎が口裏合わせのために金を渡している。木田さんもグルですよね？　車のドライブレコーダーだって、本当はあった。だけど、不利になるから外せと！」

無表情で聞いていた明墨の口角が上がっていく。

「ほう。弁護士らしい良い仮説です。それで根拠は？」

わずかに躊躇したあと、赤峰は言った。

「前の事件のときもそうだったからです」

「前？」と紫ノ宮が訊ねる。

「この事務所に入る前に、僕は富田正一郎の傷害事件を担当していました」

「！」

「だけどそれも、国会議員の父親が息子の犯罪を金でもみ消した」

「……」

「今回と同じような暴行事件でした」

赤峰は№７と書かれたノートを取り出し、開いてみせる。そこには詳細な事件の記録が記されていた。


半年前——。

留置所の接見室。アクリル板の向こうから松永が赤峰に必死に訴える。

「殴ったのは俺じゃありません。正一郎です！　俺、必死で止めたんですよよ！」

通行人と肩が触れた触れないでいざこざになり、正一郎は路地裏にその男を引き込むや殴りかかっていったのだ。ほかの取り巻き連中が傍観するなか、「そこまでやる必要ないだろ」と松永は相手に馬乗りになった正一郎を引きはがした。

しかし……。

「次の日、うちに警察が来て、急に逮捕されて。あそこにいたヤツら全員、俺がやったって……」

そう言って松永は唇を噛んだ――。

「のちに友人のひとりが、正一郎の父親が周囲の人間に金をばらまいて証言を変えさせていたことを教えてくれました。ですが、怖いから証言はできないと。勤めていた事務所にも圧力がかかり、僕は担当を外された」

結局、松永には懲役二年、執行猶予五年の有罪判決が下された。その瞬間を傍聴席で文字通り傍観することしかできなかった赤峰は、己の無力さに絶望した。

「都合の悪いことは金を使ってもみ消す。それが政治家のやり方です。正一郎はそんな父親を利用して、今も笑っている……」

悔しげにうつむく赤峰に紫ノ宮が声をかける。

「……だから最初から依頼人である正一郎さんを疑って、調査をしていたんですね」

顔を上げ、赤峰は明墨に訊ねた。

「先生は富田誠司が裏で証言を変えさせていることを知りながら、この事件を引き受けた。何が目的ですか？」

一同が注目するなか、明墨はゆっくりと口を開く。

「君の主張はわかった」

「！……」

「だが、それは仮説ではなくただの妄想だ。証拠のない妄想は司法の場では通用しない」

「……」

「富田誠司が金を渡したという証拠は？　三上さんがその金を受け取り、証言の口裏合わせをした証拠は？」

「それは……」と赤峰は口ごもる。

「根拠を持って証明できないかぎり、君の戯言でしかない」

「……」

「松永さんが有罪になったのは、日本の司法のせいでも裁判所や事務所のせいでも、ましてや富田議員のせいでもない……弁護人だった君の責任だ」

「!!」

「裁判の結果こそが依頼人の人生を左右する。だから弁護士は己の人生を懸けて、裁判に勝たなければならない。君にはその覚悟と力がなかっただけだ」

「……」

「君のせいで松永さんは罪を背負うことになった。君がいくら後悔したところで、彼が犯罪者となった事実は消えることはない」

容赦ない明墨の言葉が、赤峰の心の傷をえぐっていく。

「納得できないようならこの件、降りてもらっても構わない」

紫ノ宮、白木、青山が赤峰の決断をじっと待つ。

「……降りません」

赤峰は決然とした表情で明墨を見つめる。

「結審までに富田正一郎の罪が明らかになる証拠を見つけたら……そのときはどうなりますか？」

依頼人の有罪の証拠を探す……⁉

弁護士としてはあり得ない赤峰の言葉に一同が驚くなか、明墨はふっと口もとをほころばせた。

「面白い。依頼人が違法性の高い虚偽の供述をしていたと知りながら同調するのは、弁護士の職務規定に違反する。もし、正一郎が嘘をついていたとわかったなら、私としてもありがたい……」

賛成されるとは思わず、戸惑う赤峰に明墨は続けた。

「そんな証拠があれば、の話だが」

「……」


裁判官室で資料の整理をしながら菊池が緑川に話している。

「店とグルになって裏工作でもしたんでしょう。公正な裁判に対する冒瀆では……」

「さあね。憶測で話すのはやめようか。それを立証することが大事だからね」と緑川は軽く受け流す。

相変わらず捉えどころのない人だなと菊池は思う。東京地検のトップに上り詰めてもなお上昇志向を隠さない伊達原検事正とは違い、そばにいても緊張しないが何を考えているのかはよくわからない。

「店長の三上に話を聞きますか？」

「んー、もう一度客の証言を洗ってもらおうかな」

「はい」

※

翌日、目撃証言を得るために赤峰は事件現場付近で聞き込みを行った。有用な証言は一つも得られず見事に空振りに終わったが、気になることがあった。現場近くのフォトスポットだ。今日も大勢の若い女性たちがＳＮＳにあげるための写真をそこで撮っていたのだ。

もしかしたら事件当日の写真も……。

事務所に戻るや、赤峰はパソコンを開き、ＳＮＳを漁りはじめる。

帰り支度をした白木がパソコンに張りついたまま動かない赤峰に声をかける。

「まだいる？」

「あ、はい。戸締まり確認しとくんで」

「よろしく！」

白木が帰り、ひとりきりになったオフィスで赤峰は果てのない作業を続ける。いい加減目がしょぼしょぼしてきたとき、その写真を見つけた。

これは……！

料亭の静かな座敷で明墨と富田誠司が向かい合っている。富田の横には秘書の小杉が控える。明墨の杯に酒を注ぎながら、富田が言った。

「息子が起訴されただけでも大ごとなのに、有罪なんてことになったらね」

明墨は黙って酌を受ける。

「地盤は兄に継がせるから迷惑だけはかけるなといつも言っているのに、あいつは……ったく」

「手のかかる子供ほど可愛いと言うじゃないですか」

「小学校から大学まで安くない金を払って……もう少し厳しく育てればよかったかな。ったく困ったもんだよ」

そう言いつつ、富田の顔には笑みが浮かんでいる。本当に正一郎のことが可愛くてならないのだろう。

「ですが、今回の件は何も問題ありません。ご子息は、やっていないのですから」

明墨の言葉にうなずき、富田は手にした杯を空ける。隣から小杉が口をはさんできた。

「信じていいのですね？」

「被害者の目撃証言は潰せたも同然なので。もうひとりの証人ですが、まあこちらも」

「そうか」と富田は満足そうに微笑んだ。「君に依頼して正解だったよ」

「ありがとうございます。ただ、ちょっと気がかりな点が」

「何かあるのか？」

「ああ、いえ。大したことではないのですが……」

あくる日の午前、事務作業をしていた紫ノ宮がふと主のいない赤峰のデスクに目をやる。それに気づいた白木が言った。

「昨日も遅くまで残ってたんだよねぇ。何やってんだろね」

「……」


その赤峰は谷町パイプの応接室にいた。配管用鋼管の製造メーカーだ。対応してくれた作業着姿の社員・蒲生《がもう》に、スマホの画像を見せながら訊ねる。

「このトラックを探しているのですが」

事件当日の深夜、現場近くの工事現場で撮影された写真だ。現場には一台のトラックが止まっており、荷台の部分に『谷町パイプ』と社名が記されている。

撮影日時と現場の住所を告げると、「ああ、ウチの車ですね。ちょっと待ってて」と蒲生は応接室を出ていった。

五分も経たずに戻ると、蒲生は手にした工事関連の資料を確認しはじめる。

「あー、パイプの中に故障品があったみたいで、急遽向かったみたいだね」

「どのくらい停車していたんですか?」

「帰社時間は……朝になってるから、おそらくずっといたんじゃないかなぁ」

「そうですか。あの、この車にドライブレコーダーとか付いてませんでした?」

「そりゃ付いてるよ」

「その中に、ある事件の重要な証拠となる映像が残っているはずなんです。そのデータ、見せていただけませんか?」

「データを?……」

蒲生はテーブルに置いた赤峰の名刺をもう一度確認する。困惑している蒲生に畳みかけるように赤峰が訊ねる。

「データ、保存されていませんか?」

「……」


赤峰は午後になって事務所に戻ってきた。

「お帰り。探し物は見つかった?」

白木に応えず、険しい表情で明墨の執務室へと向かう。

「え？　なになに？」

戸惑う白木の横で、紫ノ宮は赤峰の背中をじっと見つめる。

部屋に入るや、赤峰はデスクの明墨に詰め寄った。

「証拠を隠したんですね！」

「……」

「正一郎が木田の車に乗り込んだ映像があるはずです‼」

赤峰はスマホを取り出し、明墨にトラックの画像を突きつけた。

「事件当日、木田の車が止めてあった大通りでは配管工事が行われていました。そこにトラック監視カメラなどはなかった。だけど、偶然器具の故障で呼び出されたのがこのトラックでした。トラックにはドライブレコーダーが付いていた。それをあなたは……」

ドライブレコーダーのデータを求めると蒲生は言った。

「それなら渡しちゃったよ、おたくの上司の弁護士先生に」と。

すでに明墨が手を回していたのだ。

興奮する赤峰をなだめるように明墨は落ち着いた声音で返す。

「……よく気づいたね」

「映像を見せてください」

「……」

「見せられないんですか？　映像には店から出て三分後、23時48分に正一郎が木田の車に乗ったのが映っている。これが明らかになると裁判に負けるからですよね」

「……わかった。いいよ」

「！……」


明墨は会議室にスタッフ一同を集めた。明墨の指示で、青山がトラックのドライブレコーダー映像をモニターに再生させる。

工事現場から大通りを見る格好の映像だ。青山が早送りし、時刻表示が『23：43』になったところでふたたび映像をスタートさせた。すぐに路肩に一台の車が止まる。

「木田の車で間違いないな」

「はい」と赤峰が明墨にうなずく。

時刻が『23：45』になった。

「犯行が行われていた時刻だ」

一分近くが経過したが、車の前には誰も現れない。

「……ほら、来ないじゃない――」

赤峰がそう言いかけたとき、正一郎が姿を見せた。そのまま木田の車へと乗り込んでいく。時刻表示はまだ『23：45』だ。

茫然とする赤峰を尻目に明墨が言った。

「証言通り、23時45分に正一郎さんがやって来た……」

木田の車が発進し、画面から消える。青山が再生を止め、明墨が赤峰に訊ねる。

「この映像に何か問題が？」

まさかの結果に赤峰は言葉を失う。

気まずい空気が流れるなか、どうにか気を取り直し、赤峰が訊ねる。

「じゃあ、Aさんが店を出たときに正一郎を見たという証言は？」

「嘘ということになる」

「なぜ……」

「山野辺宏《やまのべひろし》……目撃者Aさんとされている男の名前だ。あの日、店の中でふたりが口論しているのを見た山野辺は、被害者と正一郎さんが出ていったのを見て、これはチャンスだと思った。なぜなら、彼もまた被害者をよく思っていない人間のひとりだったからだ。正一郎さんに罪を着せようと、すぐあとに店を出て、工藤さんを暴行した」

「待ってください。三分後に店を出たというのは……」

「嘘ということになる。ふたりが出ていったあとに山野辺が出ていった姿がカメラにも映っているはずだ」

「そんな……」

「検察は自分たちに不都合な証拠は無視するからね」

「……」

「山野辺は暴行を加えたあと、何食わぬ顔で救急車を呼んだ」

「……」

「とまあ、これが私が描いたストーリーだが……その可能性を君は一瞬でも考えたか?」

自分の都合のいいように思い描いたストーリーに固執していたのは、ほかならぬ自分自身だった……。

暗に明墨にそう指摘され、赤峰は愕然としてしまう。

「前の裁判だかなんだか知らないが、富田正一郎という特定の人間に執着し、その個人への恨みから検察が描いたアナザーストーリーを鵜呑みにし、客観的事実を見落とし、その人間を有罪に持っていこうとする」

「……」

「君がやっていることは犯罪者と何も変わらないんだよ。いやむしろ、下手に法律に詳しい分、余計たちが悪い」

「……」

「強い思い込み、中途半端な正義感が人の判断を狂わせる。冤罪を生むのは、そういう人間だ」

辛辣な明墨の言葉に、赤峰はとことんまで打ちのめされた。

※

第三回公判——。

弁護人席には明墨と紫ノ宮が座り、赤峰は傍聴席に座った。

証言台に立った木田に緑川が質問をしている。

「弁護人提出証拠第8号証によると、あなたが被告人を車に乗せたのは23時45分となっています。間違いありませんか？」

「はい」

「暴行の犯行後だったということはありませんか？」

「あり得ません」と木田はきっぱり否定してみせる。「23時45分に電話をして、すぐに正一郎が来ました。通話記録も提出しています」

「本当にすぐだったのですか？　あなたの勘違いだったということは？」

「ありません」

「異議あり」と明墨が口をはさんだ。「質問が重複しています」

「認めます。検察官は質問を変えてください」

橋本にうなずき、緑川は言った。

「裁判長。ここで証人の記憶を喚起するため、新たに入手した映像を証人にお見せして尋問したいのですが、よろしいでしょうか」

「まだ請求していない証拠ですよね？」と橋本が険しい表情で確認する。

「証拠の入手が遅れたため、事前の開示ができていませんでした。ですが本件の審理に必要不可欠な映像です。認めていただけないでしょうか」

「その映像というのは？」

「事件当時、木田さんの車が停車していた場所を撮影した映像です」

まさか……⁉

赤峰は反射的に明墨に目をやる。明墨に特に動じた様子はない。

「……わかりました。弁護人のご意見は？」

「裁判長の判断にお任せします」

明墨の答えを聞き、橋本は映像の公開を許可した。

準備を終え、モニターに映像が流れはじめる。

大通りに木戸の車が現れ、路肩に止まる。

見覚えのある光景に赤峰は目を見開いた。それは明墨から見せられた映像と全く同じドライブレコーダーから撮影されたものだった。

緑川がおもむろに語りはじめる。

「事件当日、証人が被告人を車に乗せたと証言していた大通りで、配管工事が行われておりました。そこに止まっていたトラックの車載カメラの映像です」

やっぱり……。

「木田さん、あなたの車で間違いありませんね？」

先ほどまでとは打って変わって、木田の表情には動揺が見える。「は、はい」とうわずった声でどうにか答える。

映像に記されている時刻が『23：45』になるが、正一郎はやって来ない。

「証人が主張する23時45分ですが、まだ被告人は到着していません」

時刻が『23：46』に変わり、赤峰は混乱した顔を明墨に向けた。

これは一体、どういうことだ……!?

法廷が重苦しい沈黙に包まれるなか、時間だけが過ぎていく。時刻表示が『23：48』になって三十秒ほど経ったとき、ようやく正一郎が画面に現れた。正一郎が車に乗り込んだところで緑川は映像を止めた。

「23時48分です。48分に店を出て正一郎氏を目撃したというAさんの証言通りということになります」

顔面蒼白になった木田を、緑川は冷静に追い詰めていく。

「先ほどあなたは45分に被告人を乗せたと断言されましたが、どういうことでしょう。あなた、本当は証言を偽証するように被告人から頼まれたのではないですか?」

「そ、そんなことはありません」

そこで、ようやく明墨が割って入った。

「今のは検察官の憶測でしかありません」

「異議を認めます」

「裁判長。一点、重要な事項なので、できれば弁護人、裁判所と三者で協議したい件が」と緑川が申し出た。

「どういったことでしょう」

「今の偽証の発言に関連することです。この場で明らかにしてもよいかどうか、ご相談させていただければ」

「弁護人、よろしいですか？」

「はい」と明墨はうなずいた。


明墨、緑川、橋本が協議を終え、裁判が再開された。緑川が立ち上がり、法廷の一同をモニターに注目させる。

「では、新たに加えられた検察官請求証拠甲第20号証を再生いたします。こちらは先ほどの動画を提供していただいたパイプ製造会社の蒲生さんより送られてきたものです。ご覧ください」

モニターに現れたのは谷町パイプの応接室を俯瞰で撮影した映像だった。蒲生の対面に座っているのは、富田の秘書の小杉だ。

いきなり現れた自分の姿に、傍聴席の小杉は仰天した。反射的に明墨を見るが、涼しい顔でモニターを見つめている。

画面の中の小杉は懐から封筒を出し、蒲生に差し出した。

『こちらが車載カメラの映像提供をしていただけた場合の謝礼です』

『しかし、こんなものは……』

戸惑う蒲生に小杉は封筒を押しつける。

『なんの心配もありません。万が一検察の方が訪ねてこられても、記録は何も残っていなかった——そうおっしゃっていただければいいだけです』

『……』

『過去にもこういうことがありましてね。ですが、これを受け取っていただければ、万事丸く収まるんですよ。先生を通じ、お仕事のほうも便宜を図れますので。今後ともよろしくお願いいたします』

仕方なく蒲生が封筒を受け取ったところで映像は終わった。

どういうことだ……と傍聴席がざわつきはじめるなか、緑川が口を開いた。

「面会されているのは被告人の父親、衆議院議員・富田誠司さんの公設第一秘書、小杉和昭さん」

名指しされ、小杉は逃げるように法廷から出ていく。

「これは息子である被告人の虚偽の証言を成立させるため、富田誠司氏が秘書を使い、証拠の隠滅を依頼した事実にほかなりません！」

緑川の糾弾に法廷は騒然となる。

「弁護人。この件について何か反論は？」

橋本にうながされ、明墨は立ち上がった。皆が注目するなか、語りはじめる。

「映像を見て、我が目を疑いました。まさか、被告人が父親と示し合わせて、罪を隠蔽しようとしていたなんて……」

赤峰はあきれたように明墨を見つめる。

「本件につきましては、こちらでもあらためてお話をうかがい、弁護人の辞任も検討いたします」

明墨の言葉に正一郎は愕然となる。

傍聴席にいた記者たちが一斉に法廷を飛び出し、ざわつきはさらに大きくなる。赤峰と紫ノ宮が困惑の眼差しを向けるなか、明墨はいつものように泰然自若としている。

「……」


法廷を出た明墨と並んで廊下を歩きながら、紫ノ宮は真意を探るようにその横顔を見つめる。前を見たまま明墨は言った。

「マスコミ対応もある。私は先に出る」

そこに緑川がやって来た。

「明墨先生。あの映像――」

さえぎるように明墨が重ねる。「依頼人の虚偽を暴いてくれて、感謝いたします」

それだけ言って、明墨は足早に去っていった。

含みのある視線でその背中を見送り、緑川もその場を去る。入れ違うように赤峰が駆け寄ってきた。

「どういうことですか？　僕が見たとき、正一郎が乗ったのは45分でした！」

「昨日私たちが見せられたのは、加工された嘘の映像だった……」と紫ノ宮が返す。

きっと明墨の指示で青山が加工したのだろう。画面上の時刻表示の修正など、さほど難しいことではない。

「！……どうして、そんなことを？」

赤峰を一瞥し、紫ノ宮がつぶやく。

「あなたのためにそこまでするなんてね」

「？」

裁判所を出る前にスマホが鳴った。発信者を確認し、明墨は電話に出る。すぐに怒声が浴びせられた。

「どういうつもりだ、明墨！」

電話をかけてきたのは富田だった。小杉から連絡が入ったのだろう。

「あなたが息子の罪をもみ消そうとしていたことが明らかになった。それだけです。こちらも嘘をつかれてはこれ以上――」

「お前が言ったんだろ！」

富田は料亭でのやりとりを突きつける。

一つ気がかりな点があると、明墨は思わせぶりに工事現場に止められたトラックのドライブレコーダーのことを告げたのだ。

「私だから見つけられたというのもありますが、検察も馬鹿じゃない。その映像にたどり着くのも時間の問題かと」

「どこの会社だ？」と訊ねる富田に明墨は言った。

「……谷町パイプです」と。

「お前がそう言ったから、私は小杉に……!!」

スマホの向こうからがなりたてる富田に明墨が返す。

「ありますか？　証拠」

「なんだと……？」

「金で映像を奪い取れなんて、私が言うわけないでしょう」

「あの映像を撮らせたのはお前だな」

「さあ……では、急ぐので失礼します」

「おい！　明墨！」

しかし、すでに通話は切られている。怒りの持っていきようがなく、富田はスマホを強く握りしめる。

そのとき、議員会館のほうから大勢の報道陣が駆け寄ってきた。富田はあっという間に囲まれてしまう。

「富田議員、証人の買収は事実ですか？」

「映像では秘書が過去にもこういうことがあったと言って金銭を渡していましたが、その過去とは一体なんなのでしょう？」

突きつけられるボイスレコーダーを、「やめろ！　どけ、馬鹿者！」と富田が振り払い、騒ぎはいっそう大きくなっていく。

その夜、明墨は東京拘置所を訪れた。接見室のアクリル板の向こうには正一郎がいる。

「……親父大丈夫ですか？」

「苦労しますよ。政治家への風当たりは、ますます厳しいですからね」

「そうですか」

「自分を見放した人間が気になりますか？」

「……一応、父親ですから」

「親子なんて、所詮幻想ですよ」

「!?」

「子供は親を選ぶことはできません」

「……」

「でもあなたの人生は、あなたが選択していけばいいんです」

弁護人としてできうる最後の助言を告げ、職務を果たすと明墨は席を立った。

出ていく明墨を見つめる正一郎の目には、重い荷物を下ろしたような安堵の色が浮かんでいる。

※

『連日お伝えしています富田誠司衆議院議員の次男、富田正一郎被告の傷害事件の裁判で、新たな展開です。正一郎被告は裁判で、これまで否定していた暴行への関与を認めました。さらに検察側は、父である富田議員が証拠の隠滅を指示したとの見方を強めていて、今後詳しく調べる方針です』

アナウンサーの声を聞きながら、白木がニュースサイトを眺めている。『富田誠司、息子の罪を隠蔽か⁉』『富田議員、過去にも捏造が⁉』などの見出しが並ぶ。

「全部富田のことばっかだね」

「一応、次期法務大臣候補でしたからね」と紫ノ宮が返す。

「どうして……」

赤峰のつぶやきに、皆が反応する。

「どうして、先生は僕に嘘の映像を見せたんですか？」

疑問に答えたのは青山だった。

「前回は、傍聴席で叫んでましたからね」と赤峰に微笑む。

「？……傍聴席？」

「松永さんの事件。私たちもいたんですよ」

その瞬間、赤峰の脳裏に法廷の光景が鮮やかによみがえった。

裁判長の瀬古成美《せこなるみ》が松永理人に告げる。

「主文。被告人を懲役二年に処する」

がっくりと肩を落とし、うなだれる松永を見た瞬間、赤峰は思わず立ち上がった。

「待ってください！　松永さんは無実です！」

赤峰に対し、瀬古の厳しい叱責が飛ぶ。

「傍聴人はお静かに！」

「裁判長、この資料を見てください！」

「直ちに退廷を命じます」

抵抗むなしく赤峰は警備員に連れ出されていく――。

「……明墨先生が……？」

あの法廷にいた……。

「え、じゃあもしかして、先生がこの案件受けたのって、敵討ちってこと？」と白木が青山に訊ねる。

「どうでしょうね……ただ、わかってほしかったんじゃないですか？　個人的な思いだけで、真実を見誤るなと……」

困惑しながらも、赤峰は青山の言葉を受け止める。

東京高等裁判所の廊下を伊達原と緑川が並んで歩いている。

「まさか息子だけではなく、父親までやっつけちゃうとはね。君に任せて正解だった」

ご機嫌な伊達原に、「ありがとうございます」と緑川が小さく頭を下げる。

「竹本《たけもと》派の富田が失脚、となれば奥田《おくだ》派の加崎《かざき》先生あたりが喜んでいるかな」

「……」

「怖いねぇ。権力争いってやつは」

そのとき、廊下の向こうから瀬古がやって来た。互いに気づき、歩み寄る。

「ああ、ご無沙汰しております。瀬古判事」

「伊達原検事正。こっちに来るなんて珍しいですね。緑川検事もご活躍でしたね。政治家の不正を暴くなんて、あなたらしいわね」

「いえ」

「お忙しいでしょうけど、おふたりとも頑張って」

「どうも」

エールを送り、瀬古はさっそうと去っていく。

事務所ビルの屋上、明墨がスマホで誰かと話している。通話を終え、スマホを懐にしまったとき、赤峰がやって来た。前に立ち、「すみませんでした」と頭を下げる。

「……」

「松永さんと正一郎のこと、最初からご存知だったんですね。先生の言う通り、僕は正一郎がやっていると決めつけて物事を見ていました。弁護士としてあるまじき行為だったと思います」

「……ま、やってたんだけどね」

「松永さんの事件、僕はあきらめていません。必ず正一郎の有罪証拠をつかみ、再審に持ち込みます」

うなずき、明墨は言った。

「それが、この事務所に来た目的だろ？」

知っていたんだ……。

「はい。先生が正一郎の弁護を引き受けたと知り、この事務所に入りました。先生のやり方を学んで、松永さんを助けたいと」

「……」

「だけど、納得いってないこともあります……だから僕はこのままここで、見極めていこうと思います。先生がなんのために犯罪者を無罪にするのか」

そう言って、赤峰は挑発するように明墨を見つめる。その視線を明墨は真っすぐ受け止める。

「……言ったはずだ。自分の思う道を行けと」

「!……」

頭を下げ、赤峰はその場を去っていく。

「……」


すっきりした表情でオフィスに戻った赤峰は、案件ファイルがしまわれているキャビネットを漁りはじめる。しかし、棚には二〇一九年以前の資料が見当たらない。

「白木さん、これより前のってないんですか?」と一番古いファイルを手に訊ねる。

「どうしたの、過去案件のファイルなんか……」

ふたりのやりとりが耳に入り、紫ノ宮が顔を向けた。

「先生の強さを知りたくて」と赤峰が答える。

「おお、熱心じゃん。でも、これで全部。この事務所できたのが五年前だし。その前は先生、弁護士じゃなかったし」

「え……じゃあ、それまでは何を」

「検事」

「！……検事？」


廊下から響いてくる刑務官の足音が、だんだん近づいてくる。独房の壁に顔を向けたまま、志水はじっと待っている。足音が止まり、扉の向こうで刑務官が言った。

「時間だ」

独房の扉が開き、志水はゆっくりと立ち上がる。


接見室に現れた男は、記憶の中の彼とさほど変わっていなかった。あの頃よりも、むしろふっくらしたようにさえ見える。

アクリル板の向こうのイスに腰を下ろした男に、明墨は言った。

「志水さん」

「……」

「ようやく、お会いできました」

# 4

アクリル板の向こうに座る志水を、明墨が真っすぐ見つめている。だが、志水はうつむいたままで目を合わせようとはしない。

しばしの沈黙のあと、志水が口を開いた。

「……毎月」

「！」

「……手紙をいただいていましたよね」

「……はい」

「もう、やめてください」

「……」

「今日は私の意思を伝えるために、ここに来ました」

志水は顔を上げ、初めて明墨の目を見た。

「……静かに、死にたいんです」

「!!」

それだけ告げると志水は立ち上がり、明墨に深々と頭を下げる。

隅に控える刑務官に、「もう大丈夫です」と言い、部屋を出ていこうとする。

「志水さん！」

必死の声に、志水の足が止まった。

「私があなたを……」

「……」

「必ず無罪にします」

「……」

しかし振り返ることはなく、志水は接見室を出ていった。

誰も居なくなったアクリル板の向こう側へ明墨は深々と頭を下げた。


拘置所から出てきた明墨を物陰からうかがう視線がある。

赤峰だ。

明墨の姿が視界から消えるのを待ち、赤峰は拘置所の中へと入っていく。

面会窓口の職員に名刺を出し、言った。

「すみません。先ほどうちの明墨が提出した面会の申込用紙に誤記があったようなんです。代わりに訂正してこいと言われまして……いいですか？」

ファイルから用紙を出し、職員が確認していく。

「えっと……あぁ、しみずゆうさくさんか」

「あ、そうです！　しみずさんです」と赤峰は紙を覗き込む。

「あー、もう面会済んでるんで、訂正しなくて大丈夫ですよ」

「すみません。ありがとうございます」

踵を返すと、赤峰はすぐにノートの裏側へ見たばかりの名前をメモ書きした。

「志水、裕策……」


保護犬施設の前にバイクを止め、紫ノ宮はヘルメット越しに庭のほうを見た。制服の上にエプロンをつけた女子高生がマメと戯れている。

「……」

紫ノ宮はバイクを降り、施設の中へと入っていった。

保護犬のことを学びたいと思っていると話すと、施設長の仁科《にしな》は喜んで案内してくれた。

「この施設では今、六十四匹の犬を預かっています」

犬たちの入ったケージを紫ノ宮に見せながら、仁科が訊ねる。

「この子たち、どんな理由で捨てられたと思いますか?」

「え?」

「世話が面倒だから、引っ越し先で犬が飼えないから、子供が飽きたから……全部人間の身勝手な理由です」

「……ここに来れない子たちは」

「たくさんいます。日本では一年に約一万四千匹の犬や猫が殺処分されているんです」

「そんなに……」

「人間とおんなじで、親を選べないですからね」

「……そうですね」

紫ノ宮はふと掲示板に貼ってある古い写真に目をやった。ゴールデンレトリバーの隣で七、八歳の少女が笑っている。少女の隣には三十代の女性が立ち、優しげな笑みを浮かべている。女性の胸についた名札には『ももせ』と記されている。

紫ノ宮の視線に気づき、仁科が言った。

「これはずいぶん前の譲渡会の写真ですね」

「この子……」

「ああ、あそこにいる紗耶ちゃんです」と仁科は庭にいる女子高生を目で示す。「ちなみにこの子はココア、マメのお母さん犬なんですよ」

紫ノ宮はマメと遊んでいる紗耶を見つめる。

あの子といるときの先生の顔、いつもと全然違った。あの子は一体……。

紫ノ宮は古い写真に視線を戻し、仁科に訊ねる。

「この女性は？」

「ああ、桃瀬《ももせ》さんね」

「この方は今どこに？」

「ずいぶん前に亡くなったんですよ」

「……」


白木が帰宅し、オフィスでひとりきりになると、赤峰はさっそく志水裕策について検索を始めた。『糸井一家殺人事件』に関する記事がいくつもヒットし、驚く。

一番上にあった記事をクリックし、目を通していく。

「殺人罪で……死刑判決……」

事件が起こったのは今から十二年前の二〇一二年。場所は千葉県千葉市花見川区の閑静かな住宅街。自宅で殺害されたのは会社員の糸井誠《いといまこと》、四十二歳。その妻の恵理子《えりこ》、三十八歳。娘の菜津《なつ》、九歳——。

「金品が盗まれていないことから、警察は怨恨の線で捜査を進め、会社の同僚である志水裕策を逮捕。糸井と志水は共謀し、会社の金を横領していた。その金をめぐってトラブルが起こり、志水は糸井を殺害した。当初志水は犯行を否定していたが、のちに罪を認めた。その後、第一審で死刑判決が下り、弁護側は控訴することなく、そのまま裁判は終了」

先生はこの事件の犯人に会いにいった……？

事件が起こった十二年前、明墨先生はまだ検事か……。

一体、なんのために死刑囚に会いに……。

※

シティホテルのロビー。赤峰と紫ノ宮がソファに座り、さりげなく入口をうかがっている。やがて、帽子を目深にかぶった四十くらいの男性が現れた。

「あれ、そうですよね？」と赤峰がささやく。

小さくうなずき、紫ノ宮は立ち上がった。

「私も行けばよかったかな」

弁護士の宇野雅人《うのまさと》についての情報がびっしり書かれたホワイトボードを眺めながら、つまらなそうに白木がつぶやく。

さわやかなルックスと巧みな弁舌、弱者に寄り添う清廉潔白な姿勢がお茶の間の人気を呼び、ワイドショーのコメンテーターとしても引っ張りだこの人気弁護士だけに数多の情報がすぐに集まった。無論、本人にとってはありがたくない情報も……。

ボードにはシティホテルの写真が貼られており、その下には『毎週末お仕事のため利用している』と白木の字で書かれている。

「ふたりならうまくやってくれるんじゃないですか」と作業をしながら青山が返す。

「ふたりだから心配なんですけどー」

「大丈夫です。先生も信頼してますから」

白木はガラス壁の向こう、執務室で仕事中の明墨に目をやる。

今まで自分に振られていた外回りの調査が、赤峰が入所して以来、彼にばかり任されるようになり、白木はそれが不満だった。

フロントを離れ、エレベーターへと向かう宇野をさりげなく尾行しながら、赤峰が紫ノ宮にささやく。

「弁護士って、みんなこんないいホテル泊まるんすかね？」

どうでもいい質問を当然のように紫ノ宮は無視する。

エレベーターの扉が開き、宇野が乗り込む。カップルを装った赤峰と紫ノ宮があとに続く。後ろからもうひとり、妙齢の女性が乗り込んできた。高いヒールを履いた、やけに色っぽい女性だ。

赤峰は死角を探りながら、スマホで宇野と女性を撮影しはじめる。紫ノ宮が最上階のボタンを押し、宇野が九階、ヒールの女性が十階のボタンを押した。

あれ？　違うのか……。

エレベーターが九階に着き、宇野が降りた。やはり、女性は動かない。

「あ、ロビーに忘れ物しちゃった」

「何やってんだよー、取りにいくぞっ」

カップルっぽいやりとりをしながら閉まりかけた扉を開け、赤峰と紫ノ宮がエレベーターを降りる。

そのままエレベーターの前にとどまり、廊下を歩いていく宇野の姿を目で追う。部屋に入るのを見届け、赤峰は言った。

「さっきの女性は違ったんですかね」

「……」

下行きのエレベーターが到着し、扉が開く。ふたりが乗り込もうとしたとき、階段からヒールの音が聞こえてきた。

「待って」

紫ノ宮が廊下の角に赤峰を引っ張り、隠れる。と、階段からさっきの女性が現れた。女性はエレベーターの前を通り過ぎ、宇野の部屋のほうへと歩いていく。その様子を角から顔を出した赤峰が撮影する。様子を見ようと紫ノ宮も顔を出したとき、いきなり女性が振り返った。

赤峰はとっさに紫ノ宮を自分の腕の中へと引っ張り込む。

「!!」

周囲に誰もいないことを確認し、女性は宇野の部屋のチャイムを押した。宇野が顔を出し、ふたりは部屋の前でハグをする。

その様子をスマホに収めながら、赤峰は言った。

「これで一時間以上出てこなかったら確定っすね」

「はい。でも……あと五秒で殴ります」

「え？」と赤峰は我に返った。腕の中に紫ノ宮の身体がすっぽりと収まっている。

「うわっ。ごめんなさい！」

　モニターに映し出された宇野のホテルでの密会写真を見ながら、青山がうなずく。

「なかなかいいアングルに入れましたね。お見事」

「……いえ」

　紫ノ宮を抱きしめながら撮影したことを思い出し、赤峰はドギマギしてしまう。そんな赤峰を紫ノ宮がにらみつける。

「ご苦労さまです」と明墨が会議室に入ってきた。「白木さん、説明を」

　白木がモニターに資料を映しながら、今回の案件の概要を説明していく。

「千葉県千葉市で起きた連続不同意性交事件。一人目の被害者は守屋瀬奈《もりやせな》さん。二十一歳。深夜、ひとり暮らしの自宅マンションに帰ってきたところを、尾行してきた男に刃物で脅された。そのまま室内に突き飛ばされ、男は事に及んだ。男は目出し帽をかぶっていたため、被害者は顔を見ていない」

　紫ノ宮の顔が怒りにゆがんでいく。

「そして二人目の被害者は遠山香澄《とおやまかすみ》さん。二十二歳。彼女も全く同様の手口で被害に遭っています」

「ふたりとも被害に遭ってしばらく経ってから警察に通報。そのため、ＤＮＡなど犯人に関する手がかりは何もないそうです」と青山が補足する。

「性被害ってそう簡単に声をあげられないからね」

　白木にうなずき、青山が続ける。「防犯カメラに映っていた目出し帽の人物、それ以上は目撃証言も物的証拠も出てこなかったことから捜査は難航」

「その後、千葉県警は最大規模の捜査員を配置するものの、なかなか容疑者逮捕に至らないまま時間だけが過ぎていった」

　白木がパソコンを操作しながら、モニターに新たな資料を映し出す。

「そして、二月二十一日、第三の事件が発生。三人目の被害者は仙道絵里《せんどうえり》さん。二十八歳。彼女も同様にナイフを突きつけられ、部屋に連れ込まれそうになりましたが、必死に抵抗したときに帽子がズレて……慌てた男はその場から逃走。その男が来栖礼二《くるすれいじ》さんだとして検察は起訴した」

　事件の概要の説明を終え、白木はモニターに被疑者、来栖礼二の資料を表示させた。

顔写真を見ながら赤峰が訊ねる。

「三件目は未遂で終わったんですね？」

「そう。顔見られちゃったからね」

「来栖は今年の一月から二月末まで、千葉市内で計三人の女性に性的暴行を加えたなどとして逮捕されました」と青山が付け加える。

「千葉……なんでこの事件を？」

赤峰が訊ね、紫ノ宮も明墨をうかがう。しかし、明墨は閉じた口を開こうとはしない。

代わりに青山が言った。

「注目度の高い事件は名前を売る絶好の機会ですからね。ちなみに来栖さんは一年前にも不同意わいせつ罪で有罪判決を受けています。半年間の刑期を終え、出所したところでした」

「再犯？　常習性があったってことですか？」

白木が赤峰にうなずく。「それも被疑者を絞るうえで大きな材料だったんだろうね。でも今回決定的な証拠と言えるのは、三件目の目撃証言のみ」

「ちなみに取り調べでは、一件目と二件目は自分がやったと自白しています」

青山の言葉に、赤峰は驚いた。

「自白してるんですか？」

ずっと黙っていた明墨がようやく口を開く。

「しかし三件目だけは認めていない。これはおそらく、宇野弁護士の入れ知恵だろうね」

「……つまり、宇野弁護士からこの案件を奪い取るために」

明墨はふっと微笑んだ。

「うまい果実は自分で採りにいかないとね」

「……」


日曜日の公園。仲睦まじげなカップルや家族連れが行き交うなか、宇野が妻の弘美《ひろみ》と五歳になる娘の夢愛《ゆあ》を連れてやって来た。夢愛は入口のところでもらった風船を手にはしゃいでいる。そんな娘に宇野が笑顔で声をかける。

「よかったねー。お昼なに食べよっか」

そのとき、強い風が吹き、夢愛は思わず風船を離してしまった。

「あ！」

空に向かって飛び去っていく風船を、夢愛が泣きそうな顔で見送る。と、背の高い大人の男の人が風船につながる紐の先をつかんだ。

「！」

男の人は紐を夢愛の手首に結び、にっこりと笑った。

「これでもう飛んでいかない」

笑顔の主は明墨だ。

「うん」と夢愛も笑顔を返す。「ありがとう」

弘美が駆け寄り、明墨に頭を下げる。

明墨は夢愛の前で両手を広げ、次の瞬間何もないところから一枚のカードを目の前に出してみせた。子犬が描かれた可愛いカードだ。それを夢愛にあげると、続いてきれいな花のカードを出し、弘美にプレゼントする。

「わあ」とふたりが顔をほころばせる。

きつねにつままれたように見ていた宇野にも明墨はカードを出してみせる。受け取った宇野はカードを見て仰天した。

「パパのは？」と弘美に訊かれ、「え？　あ、いや」と宇野は慌ててカードを隠す。

「お久しぶりです、宇野先生。ちょっとお話が」

この男、弁護士の……！

宇野は明墨を妻と娘からから引き離すと、「なんだこれは⁉」と詰め寄った。渡されたカードにはホテルでの密会写真が重ねられていたのだ。

「写っているのは宇野先生と……言ってもいいんですか？」

明墨の視線の先には妻と娘の姿がある。ふたりはこちらを気にすることもなく、もらったカードを眺めながら楽しそうに話している。

宇野は差し出された名刺を受け取った。

「……お前があの明墨か。なんの話かわからないが、今日はやめてくれ」

「夢愛ちゃん、来年私立の小学校に入るんでしたよね」

「！……どうしてそれを？」

「とてもシンプルな相談です。乗っていただければ家族と仕事を守れます」

こんなの相談という名の脅迫だろうが。

明墨に怒りの目を向けるも、宇野に選択の余地はなかった。

※

「ったく、弁護士様ってのは自分勝手だよな。やるっつったり、やめるっつったり」

アクリル板の向こうで愚痴る来栖を、「人それぞれ事情がありますから」と明墨がなだめる。明墨の背後には赤峰と紫ノ宮の姿もある。

「でもまあ、あなたは運がいい」

「？」

「では早速、本題に入ります。私が新しく担当するにあたり再度確認させてください。あなたは無実を主張していたにもかかわらず、なぜ自白したんですか？」

「……あの弁護士に言われたからだよ。とりあえず認めておけ。取り調べが長引けば不利になる。本当のことは法廷で言えばいいって」

「そうでしたか」

「ねー、証拠も大して揃ってないし、裁判では無罪になるってホントなの？　あの弁護士がそう言ってた。でもさ、それがもう選手交代だろ？　本当にあんたらで大丈夫なのかよ？」

「もちろんです。私が必ず無罪にして差し上げます」

自信満々の明墨の態度に、来栖も安堵したようだ。すかさず明墨が質問を始める。赤峰はNo.10と記されたノートを取り出し、メモをしながら聞いている。

「今回の裁判で、あなたの自白以外で重要な証拠となるのは、三人目の被害者、仙道絵里さんの目撃証言だけです」

「人違いだよ。俺はやってない」

「その目撃証言と一件目、二件目の犯行の手口、防犯カメラに映った犯人の背格好などが酷似しているため、三件とも同一犯だとされていることは？」

「！……知らねえよ」

「確認ですが、三件目の事件が発生した際、あなたはどこに？」

「仕事終わりに行きつけのバーに行って、そのまま家に帰って寝てた」

「それを証明するものは？」

「前捕まったときにいろいろ面倒なことになったから、移動中はスマホ切ってんだよな」

「それじゃ位置情報は残っていないですね」

苛立ち、「そうだよ」と来栖は吐き捨てる。「バーにいたとかは店員が見てんじゃねーか？　てか、これ何回言わせんだよ」

「仕事なもので、すみません。ありがとうございました」

面会を終え、赤峰と紫ノ宮は千葉刑務所の接見室を出た。「にしても」と出入口のほうへと歩きながら赤峰が話しはじめる。

「自白させて覆すって、宇野弁護士はどういう戦略を立ててたんですかね」

しかし、紫ノ宮は黙って前を見据えたまま反応しない。

「紫ノ宮さん？」

視線の先には刑務官に案内されて入ってきたふたりの男の姿があった。ふたりとも五十歳前後で、刑務官の態度からかなりの地位だとうかがい知れる。

近づいてきたふたりの左襟についたバッジを確認し、赤峰が言った。

「県警ですかね？　なんでこんなところに」

紫ノ宮はふたりのうちのひとり、スマートな佇まいの男に釘づけになっている。

「……」

と、その男が紫ノ宮の視線に気づいた。明らかに表情を変えた男を見て、紫ノ宮がスッと視線をそらす。

男もすぐに表情を戻し、すれ違っていく。

その後ろ姿を見送りながら、赤峰が言った。

「警察も大変ですよね。捕まえて当然、捕まえられなかったらバッシング。普段守ってもらってるのに、世間は叩きたいところしか見ないから」

「……」

千葉県警刑事部長、倉田功《くらたいさお》は捜査一課長の大西《おおにし》と並んで廊下を歩きながら、ふいの出会いにまだ動揺している自分をどうにか落ち着かせようとしていた。そのとき、接見室のドアが開き、誰かが出てきた。

明墨正樹……！

ふたりの視線が交錯し、時間が止まる。

「……」

「……」

先に動いたのは明墨だった。

倉田に会釈をし、そのまま出入口のほうへと去っていく。

「……」

三人が事務所に戻ったところで、来栖礼二に対しての今後の弁護方針についての打ち合わせが始まった。

「今回の件、鍵となっているのは唯一の決定的な証拠である三件目の目撃証言です」

紫ノ宮が切り出し、青山がモニターに被害者の仙道絵里の資料を表示させる。それを見ながら赤峰が言った。

「でも来栖さんは、この三件目だけは自白してないんですよね」

「来栖さんの話とも食い違っているので、この証言は疑う余地があるかと」と紫ノ宮。

「そもそもスマホの電源切ってなければ一発なのにねー」と白木が悔しそうに言う。

「あの……」と赤峰が明墨に顔を向けた。「宇野弁護士はどうして来栖さんにやったと認めさせたのでしょうか？　どう考えても腑に落ちなくて……来栖さんが無実を主張しているなら、否認させるか、最悪黙秘を貫くことだってできたはずです。むしろ、そのほうが弁護をしやすい」

「普通はそうだよねぇ」と白木が相槌を打つ。「自白したけどやっぱり嘘でしたって、かなり無理ある」

明墨に答える気はないとみるや、赤峰はひとり考え込む。

「……宇野弁護士の狙いはなんだ……？」

千葉刑務所を訪れた翌日、部長室で執務に勤しんでいる倉田のもとに大西が報告に訪れた。「宇野が来栖の弁護を降りたようです」

すぐにあの男の顔が脳裏に浮かぶ。

「明墨弁護士……」

「ご存知でしたか」

「来栖はすでに犯行を認めている。今さら何かが変わるわけではない。そう言ったのは君だろ?」

倉田は大西を落ち着かせると話を変えた。

「それより例の船橋での――」

デスクに置いたスマホが震え、倉田は口を閉じた。画面に表示された名前を見て、憂鬱そうに手を伸ばす。


夕方、開店準備中のバーを赤峰と紫ノ宮が訪れている。カウンターに置かれたふたりの名刺と来栖の写真に目をやりつつ、店長の岡添《おかぞえ》が質問に答える。

「あの日はいつも通り、来栖さんは1時くらいまで飲んでましたね」

「退店が1時。ここから事件現場までは二十分。矛盾はありませんね」とメモを取りながら赤峰が紫ノ宮に言う。うなずき、紫ノ宮が岡添に訊ねた。

「あの、来栖さんが逮捕されたことに関しては、どう思われてますか?」

わずかに逡巡したあと、岡添は言った。

「……目が怖いんですよ」

「え？」

「女性を見るときのあの人の目。性の対象でしか見てない感じで気味が悪くて。この辺じゃ前科持ちなのも有名な話です……」

「……」

「女性はみんな自分に惚れてるんだって勘違いしてましたね」

岡添の話に、「そうですか」と嫌悪感をあらわにしながら赤峰がスマホを取り出した。

「ちなみに、この女性見たことありますか？」と絵里の写真を見せる。


その頃、絵里の前には明墨が立っていた。オフィスビルの十階、そのワンフロアを占める会社の受付である。絵里の隣にはもうひとり受付嬢がいる。

「お約束でしょうか？」

笑顔で訊ねる絵里に明墨は言った。

「あんな目に遭われたのに、きちんとお仕事されている。大変心がお強いようで、感服します」

同僚の目を気にしながら、絵里が声のトーンを落として訊ねる。

「あなたは？」

「来栖さんとは昔からの付き合いがありまして。このあとお時間いただけますか？」

ここで余計なことを言われるわけにはいかない。絵里は明墨にうなずいた。

「……19時には終わりますので」


18時に勤務を終えると、絵里はすばやく私服に着替え、会社を出た。周りを見回し、明墨の姿がないことを確認すると急いでエレベーターのほうへと向かう。退社時間だったので、大勢の社員たちが後ろからやって来た。その波に呑まれ、絵里はエレベーターの中へと吸い込まれていく。

駅への連絡口とつながるフロアでエレベーターが止まり、乗客たちが一斉に降りた。絵里も出ようと足を踏み出したとき、背後から声をかけられた。

「お待ちしてました」

振り向くと壁際に明墨が立っていた。

「！」

絵里の目の前でエレベーターの扉が閉まっていく。

「一時間も早く終わられたのですね」

「……警察にすべて話しました。知りたければ、警察に聞いてください」

「申し訳ありません。ただ、あなたの証言にちょっと気になる点がありまして……」

「あなた一体何者――」

「おうかがいしても？」

　エレベーターがゆっくりと降下しはじめる。

「……早くしてください」

「事件が起きた日。仕事を終え、友人との食事会を終えたあなたは終電で深夜1時に最寄り駅に到着した。そこから歩いて十五分ほどの自宅アパート前まで来たあなたに男が近寄ってきて、ナイフを突きつけられた。あなたはそのまま部屋の前まで連れていかれたが、一瞬の隙をついて逃げ出した。さらに追いかけてきた男に必死で抵抗し、その最中に帽子がズレて、男の顔を見た。慌てた男は、その場から立ち去った――」

　エレベーターが一階に着き、ふたりは外に出た。

「というのがあなたの証言だそうですが、間違いありませんか？」

「……それが何か？」

「来栖さんとの面識は？」

「本人に聞いてよ」

「本当に些細なことなんですが……事件現場となったところには、数十メートル先にコンビニがありますよね」

「……」

「アパート前でナイフを突きつけられたとき、なぜすぐにコンビニに駆け込まなかったんですか？」

明墨の問いに絵里の足が止まった。

「……気が動転してたから、そこまで頭が回らなかったんです」

「大声を出せば気づく人もいたはずです。しかし、まだそれらしい証言は出てません」

「……」

「翌々日、あなたは警察に行き、被害届を出した……なぜ、被害後すぐに警察に通報しなかったのですか？」

「！……それは」と言葉に詰まる絵里をフォローするように明墨が言った。

「まあ性犯罪は声に出しにくいですからね。いろいろ考えている間に、時間が経ってしまったんでしょう」

「あなたにわかるわけない！」と叫び、「もういいですか？」と絵里は明墨を振り切るようにして去っていく。

「……」

自席についた赤峰が志水の事件の詳細を記したノートを開き、新たな情報を書き加えている。

「糸井一家殺人事件も千葉……」

つぶやき、執務室の明墨をガラス壁越しに見つめる。そこに青山が入ってきた。赤峰は慌ててノートを閉じた。

「まだお仕事を？」と青山が訊ねる。

「あ、はい。松永さんの事件、再審に向けて何ができるかを」

「そうですか。頑張ってください」

そう言って、青山は明墨の執務室へと向かう。

部屋に入るや青山は明墨にささやく。

「赤峰さん、気づきはじめているようです」

「……」

「まだ、なんですよね」

「ええ……この事件が山かもしれません」

「！……そうですね」

「だからこれまで通り、何も知らないふりで」

「わかりました」と青山は微笑む。

　さて、この山をどう越えようか……。

※

　来栖のアパートの大家に紫ノ宮が話を聞いている。

「うちは防犯カメラもないですから、彼の出入りの時間は調べようがないですねえ」

「来栖さんはどんな方ですか？」

　返ってきたのは意外な答えだった。

「ああ見えてね、結構優しいところあるんですよ。ゴミ捨てのときなんかね、下の階のばあさんのゴミまで持ってってくれたりね」

「……」

「人ってその場その場でいろんな顔を持ってますよね」

紫ノ宮の話を聞いた赤峰がレンゲですくったラーメンのスープを飲んでから、そう返す。紫ノ宮は大きなひと口で豪快に麺をすすっている。赤峰にとっては初めて見る紫ノ宮の姿である。

「どっちが本当の来栖さんっていうよりも、どっちも本当の来栖さんなんでしょうね」

紫ノ宮は答えず、ラーメンを食べつづける。

「あの……もしも、の話していいですか？」

チラッと赤峰をうかがうも、紫ノ宮は麺をすするのをやめない。

「すみません。もしかしたら、もしかしたらですよ……この事件、先生はまた何か目的があるんじゃないかなって」

ようやく紫ノ宮の手が止まった。

「だっておかしいじゃないですか。わざわざ千葉の事件を。依頼が来たわけでもなく、奪い取ってまで」

「……」

「……今までもそうです。緋山は罪を犯していた」

「？」

「だけど、先生は緋山を無罪にすることと引き換えに、検察の闇を暴いた」

「……」

「次の事件では、また無罪にするのかと思いきや、正一郎を有罪に持っていった。そのおかげで政治家の闇が世間にさらされた」

「……」

「どっちも事件の裏にいる人間……不正な手を使って利益を得ようとしている人を糾弾してきた……」

「……」

「もしかしたら今回も何か狙いがあるんじゃないかって。例えば、来栖さんが罪を認めて得をするのは、ずっと犯人を挙げられなかった……警察」

「！」

「先生はきっと……そういう事件を選んでいる……」

「……もしも警察が」

言いかけたとき、カウンターに置いていた紫ノ宮のスマホが震えた。『父』という表示を見て、紫ノ宮はすぐに『拒否』を押す。

「お父さん、いいんですか？」

「大丈夫です」

そう言って紫ノ宮はふたたび麺をすすりはじめる。と、今度は赤峰のスマホにメッセージが着信した。スマホを手に取り、赤峰は声をあげた。

「マジか⁉」


裁判を終え、東京高等裁判所の法廷を出た瀬古は、廊下で自分を待っていた人物に気づき、「あら」と微笑む。

「どうも」と会釈したのは緑川だ。

廊下を並んで歩きながら瀬古が言った。

「こっち珍しいわね」

「同じ階で控訴審があって、姿をお見かけしたので」

「そんなに目立つかしら」

「え？」

戸惑う緑川に瀬古が笑う。「でも、まさか歩佳ちゃんが伊達原さんについてるとは思わなかった。大変でしょ、あの人の下で働くの」

「いえ、すごく勉強になりますよ」

「そう。いい部下の定型文ね」

「本当のことです」

真顔で返され、瀬古がまた笑う。

「瀬古さんは伊達原さんとは古くからの仲なんですよね」

「腐れ縁ね」と瀬古は嫌そうな顔をしてみせる。「検事と判事は切っても切れなかったりするもんだから」

「そうですね」

「ほんと検事正まで上り詰めちゃって。大したもんよね、あの人……」

「瀬古さんも、そろそろ最高裁判事って噂聞きましたよ」

「あらやだ。どっからそんな話」

今度は緑川が微笑んでみせる。

瀬古は満更でもなさそうな笑みを返した。


「奪い取った……」

「はい」と菊池が伊達原にうなずく。「千葉の連続不同意性交事件です」

「へえー……また派手なことをするつもりかな」

受け取った報告書に目を通していた伊達原は、そこに倉田の名前を発見した。

「……そっか、そっか」と口もとに笑みが浮かぶ。

「明墨先生は面白いことするねぇ」

笑顔が一転、不穏な表情へと変わるのを、菊池が戦々恐々としながらうかがっている。


紫ノ宮とともにバーに入るや、赤峰はカウンターに立つ岡添に勢い込んで訊ねた。

「絵里さんのこと思い出されたって」

「というか、こちらの方が……」

岡添が示すソファ席には明墨の姿があった。

「⁉」

「ふたりともたまには一杯どう？」とグラスをかかげる明墨の隣には二十代半ばの女性が座っている。絵里の同僚の受付嬢の久美だった。

「どうも～」

赤峰が隣に座ると久美のテンションはさらに上がった。しなだれかかるように密着し、絵里の人となりを語っていく。

「ま〜、ひと言で言ったら恋愛体質？」

「恋愛体質？」

赤峰に酒を勧めながら、久美は続ける。

「常に誰かに恋してなきゃ気が済まないっていうか、とにかく惚れっぽいのよ。なんか貢いだりしてるっていうし」

「そうなんですか」

久美は明墨へと視線を移し、言った。

「ねえ、探偵さんでしょ？　その感じ。絵里さんのヤバい癖の調査でしょ？」

「へ、へき？」

「ストーカーの」

思わぬ言葉に赤峰と紫ノ宮はギョッとなる。顔色を変えず明墨が訊ねる。

「お相手にも心当たりが？」

赤峰に腕を回しながら久美は言った。

「この店で会ったの。なんかお目当ての男がいるって連れてこられて。そしたらそいつ、あたしをナンパしてきて。それ見て、あの人超ムキになってさ……あんな男、興味ないっつーの。ねえ」

とろんとした目で同意を求められ、赤峰は戸惑う。

「あ……えと、写真とかってありますか？　その男の人の」

「えー、見たい？　今度デートしてくれたらいいよ」

「え？」

紫ノ宮に目でうながされ、赤峰は頑張って注がれた酒を飲む。

※

翌朝、二日酔いの頭を抱えながら赤峰は会議に出ていた。机の上にはスポーツドリンクやエナジーゼリーが並んでいる。

青山がモニターに表示させた事件の経緯を見ながら、明墨が判明した事実を淡々と説明しはじめる。

「それって偽証したっていうことですか⁉」と赤峰が驚きの声を発した。

「ああ」と明墨がうなずく。「三人目の被害者、仙道絵里さんの事件は作られたものだ」

「……いやでも、それはさすがに……」

「今回の事件、二件立て続けに被害が出た。しかし、犯人が捕まらずに一か月が過ぎてしまった。犯人に結びつく情報がなく、報道も過熱。バッシングが続いていた千葉県警はかなり焦っていただろうね。そこで出てきた三件目。被害者の仙道絵里さんによる目撃証言があり、ようやく警察は来栖さんの逮捕に踏み切った」

一同を見渡し、明墨は続ける。

「二件目と三件目の事件には大きな違いがある」

すぐに紫ノ宮が反応する。

「来栖さんが自白しているかどうか……」

「ほかには？」と明墨は赤峰をうながす。昨夜のことを思い出し、赤峰は言った。

「……三件目は、被害者が来栖さんをストーカーしていた……？」

絵里が夢中になっている男だと久美が見せた画像に写っていたのは来栖だったのだ。

「そう」と明墨がうなずく。「一件目、二件目の被害者はともに千葉駅近辺で仕事をしていて、来栖さんの職場もその近くにある。被害者と来栖さんの接点が生まれるのはそう難しいことではない。しかし三件目、絵里さんの職場は東京の港区。自宅は千葉にあるが、来栖さんの家とは真逆。偶然すれ違うっていうのはかなり難しい」

「絵里さんから来栖さんに近づかないかぎり……」と赤峰がつぶやく。

「じゃあ、そもそもどうやって絵里さんは来栖さんを知ったんでしょうか？」

紫ノ宮の疑問に答えたのは白木だった。

「これじゃない？」と来栖がSNSにあげている写真を皆に見せる。バーで飲んでいる姿が多いが、どれもアイドルかよとツッコみたくなるような格好つけた写真だ。

「最近のコ、たしかに好きそう」と白木はため息。

「絵里さんは来栖さんの写真を見てひと目惚れした。それからあの店に通うようになった。同僚の方もそう言ってました。毎日待ち伏せするくらい相当しつこくつきまとってたって」

赤峰が言い、白木はさらにどん引きする。

明墨があとを引き取り、続ける。

「千葉県警は、来栖さんが性犯罪の前科があり、犯人像とも一致することから、犯人だとある程度当たりをつけ追っていた。そんななか、あのバーで事件を捜査していた警察と彼をストーカーしていた絵里さんが出会うのは難しくない」

「……」

「そこで絵里さんは来栖さんに不同意性交罪の容疑がかかっていることを知った。ショックだっただろうね。好きな人が自分以外の複数女性に好意を持っていたかもしれないと知ったら。ストーカーになるまで男に入れ込んでいた絵里さんは裏切られたと感じた。

来栖さんを地獄に落としたいと思っても不思議ではない……」

「じゃあ、絵里さんが話を作って警察に？」

赤峰に問われ、明墨は言った。

「絵里さんか警察か、どっちが先かはわからない」

その言葉に紫ノ宮の心が激しく揺れる。

「あくまで可能性の一つ」と断り、明墨は続ける。「警察としては犯人で間違いないと踏んでいる来栖さんを逮捕できる。一度逮捕してしまえば前の二件についてもたっぷり取り調べができるし、その際に自白が得られれば誤認逮捕とは言えない。絵里さんにとっても自分を傷つけた男に罰を与えることができる。どちらにとっても悪くない話だ」

「……」

「あともう一つ、説明のつくことが」

そう言って、明墨は青山をうながす。

「宇野弁護士のこれまでの弁護記録です。情状酌量を引き出し、被告人の人権を擁護することで有名な弁護士ですが、裏を返せば担当事件をすべて有罪に導いていたということです」

たしかに、すべての案件が有罪で決着している。瞠目する一同に明墨は言った。

「その裏に警察との取引があったとしたら」

「！」

「前々から宇野弁護士の悪い噂は耳にしていてね。千葉県警の捜査一課長の大西という男とよく接触していたと調べがついた」

青山がモニターに映した大西と宇野の写真を見て、「来栖さんを逮捕した刑事ですよね？　この前見ましたよ」と赤峰が返す。

「七か月前の事件で凶悪犯の逃亡を許したのもこの課だからね。今回の事件もなかなか犯人を逮捕できず、相当焦っていたんじゃないかな」

「ってことは、警察と宇野弁護士は裏で結託して、来栖さんを有罪にしようとしていた……じゃあ、この大西って刑事を落とせば」

「ここからが難題だ」

明墨にうながされ、青山が張り込みの末、撮影に成功した写真をモニターに表示させる。写っているのはどこかのアパートに入っていく倉田の姿だった。

紫ノ宮の表情がこわばっていく。

「これって絵里さんのアパート……？」

赤峰にうなずき、明墨は言った。

「倉田功。県警の刑事部長自ら被害者のもとに姿を見せるのは只事ではなさそうだね」

「刑事部長も絵里さんの偽証を知っている？」

「おそらく弁護士交代の知らせを聞きつけて、裁判への対策を立てるために訪ねたんだろう」

「でも……この写真だけではなんの証明にもなりません。倉田刑事部長が被害者の部屋に向かったかどうか証明できません」

「その逆で、彼らが会っていないことも証明はできない」

「！」

「倉田刑事が絵里さんのアパートに入った。その事実が重要なんだ」

赤峰から紫ノ宮へと視線を移し、明墨は言った。

「次は、どっちを崩そうか」

「！……」


「ご無沙汰しております」

深く腰を折った倉田の頭上に、伊達原の声が降ってくる。

「わざわざご足労いただき、すみませんね」

「いえ……」

顔を上げた倉田の表情を見て、伊達原は笑った。

「嫌だな、そんなに警戒しないでくださいよ。今も昔も警察と検察は仲間なんですから」

「……今日はなんの御用で？」

「娘さんはお元気ですか？」

「！」

「いや、たしかウチの姪と同い年だった気が。もうご立派になられたのでは？」

「……」

「私の娘もね、おかげさまで十二歳。中一ですよ。見ますか？　ほら、可愛いでしょ？」

と伊達原はデスクに飾ってある娘の写真を倉田に見せる。

写真が視界に入ってはいるが、倉田の脳裏に浮かんでいるのは、先日思わぬ場所で出会ってしまった娘の顔だった。

「いえね。最近、明墨とかいう弁護士がずいぶんと騒いでいるみたいなんですよ。それがお宅の事件にも絡んでいると小耳にはさみましてね。ご存知？」

「……はい」

「あ、そう。それならよかった。いや、刑事部長にかぎって油断はないと思うんですが、念のため」

「検事正にご迷惑をおかけすることは一切ありませんので」

「いやいや誤解しないでくださいよ」と伊達原は鷹揚に笑ってみせる。「全く心配してません。むしろ信頼してますよ」

笑顔の恫喝に、倉田の心は揺れる。

「そんな顔してたら、娘さんに嫌われますよ」

「……」

「ね」


明墨、白木、青山はすでに帰宅し、事務所には赤峰と紫ノ宮だけが残っている。紫ノ宮はいつになく思いつめた表情をしているが、赤峰は気づかない。事務作業の手を止めると何げなく紫ノ宮に言った。

「やっぱり倉田刑事部長ですよね」

反射的に紫ノ宮が振り向く。

「どっちを崩すかって話。たぶん先生は絵里さんでも宇野弁護士でもなくて、最初から倉田刑事部長に狙いを定めていたんじゃないかと」

「……」

「紫ノ宮さん、僕……」

何かを言いかけ、しかし赤峰は口を閉じた。

「？」

廃棄物処理場に証拠品のジャンパーを投げ捨てた緋山の姿を思い起こしながら、赤峰はあらためて語りはじめる。

「僕は、依頼人とはいえ、罪を犯したのならきちんと反省し、刑期を終えるべきだと思っています……だから緋山の件は今でも納得していません」

「……」

「でも……だからこそ、やっぱり先生は緋山や正一郎の事件、さらにはこの事件だって何か意図があって動いているんだと思います」

明墨が何かの意図を持ってこの事件に関わったのだとしたら、それはきっと自分が探し求めていることにつながっている……。

紫ノ宮は大学の卒業式の日を思い返していた。父を訪ねた私は、そこで先生の姿を見た──。

「私……」

広げたノートを真剣に見入る赤峰に、紫ノ宮の声は届かない。

「志水裕策」

赤峰はパソコン画面に志水に関する記事を表示させ、紫ノ宮に見せる。

「十二年前に千葉市花見川区で起こった糸井一家殺人事件の犯人の名前です」

「！　十二年前……」

「先生はこの男に会いに行ってました」

紫ノ宮は画面の志水の顔写真をじっと見つめる。

「明墨先生が弁護士になる前、検事だったときの事件です。これも同じ千葉県警の管轄」

「……あの──」

「でも全くの偶然なんですかね……」

自分の中にまだ迷いがあり、紫ノ宮は何度も言い出しかけた言葉を呑み込んだ。

※

千葉県警本部の正面入口。車寄せの脇に立った赤峰が、庁舎から倉田が出てくるのを待っている。ガラス壁越しにチラチラと中をうかがっていると、入口で警備に立つ警察官と目が合った。

やばっ……！

明らかに怪しい素振りで目をそらしたものだから、すぐに警察官に声をかけられた。

「あなた、そこで何してるんですか？」

「え？　あ、いや……通りかかったもので」

冷静に考えれば、道路から奥に入った敷地内である。通りかかったという言い訳は通用しない。

「ちょっとお話いいですか？」

「……はい」

赤峰は庁舎の中へと連れていかれた。

ハンガーラックにかけていたジャケットを倉田が手に取ったとき、険しい顔をした大西が部屋に入ってきた。

「なんだ？」

「明墨弁護士の部下が外を張っているようで」

「……そうか」

「念のため、裏口から出られたほうが」

「わかった」

倉田はジャケットを羽織った。大西が去り、しばらくしてから部屋を出る。

しかし、裏口にも自分を待つ者がいた。

「……なぜ、ここに？」

紫ノ宮は真っすぐ倉田を見据え、言った。

「お話ししたいことがあります」

「私にはない」

「来栖礼二。不同意性交罪の疑いで起訴された男性についてですが、この事件、ご存知ですよね？」

「邪魔だ。どきなさい」

立ちふさがる紫ノ宮を払いのけ、倉田は歩きだす。

「待ってください」

見向きもせず去ろうとする背中に、紫ノ宮は叫んだ。

「待ってよ！」

哀しみを含んだ声に、思わず倉田の足が止まる。

振り返った倉田は、しかしすぐに目を伏せた。

怪訝そうに自分の背後に目をやった紫ノ宮はハッとした。裏口のドアの前に赤峰が立っていたのだ。

紫ノ宮と倉田、ふたりの間に流れる異様な空気に、赤峰は戸惑う。

その間に倉田はその場を立ち去ってしまった。

「え……？」

「……」


事務所を出た明墨が、夜道を歩きながら電話をしている。

「はい……わかりました。では……」

スマホを懐に戻すと、明墨は右手を上げ、タクシーを止めた。

赤峰と紫ノ宮が事務所に戻ると、すでにほかのみんなは帰宅していた。沈黙に耐えきれず、赤峰が口を開く。

「まさか、倉田刑事部長が……」

そういえば、白木さんが言ってたような気がする。紫ノ宮さんの父親は刑事だって。

だとしても、これは斜め上すぎて予想できない。

「このことをほかのみんなは？」

「……明墨先生の狙いは、最初から父だと思います」

「！……もしよかったら、僕にも教えてくれませんか？　紫ノ宮さんとお父さんのこと」

目を伏せる紫ノ宮に、赤峰は食い下がる。

「……紫ノ宮さん」

「……」

やがて、紫ノ宮は重い口を開いた。

「父は、私の憧れでもありました」

幸せだった幼い頃を思い出しながら、紫ノ宮は語りはじめる。

「優しくて、家族思いで……正義感が強くて。私は父のようになりたかった」

警察官という仕事に情熱を持って取り組む父親の姿は、紫ノ宮の誇りであり、目指すべき理想でもあった。

「だけど、父は笑わなくなった。十二年前のある頃から」

「十二年前？……！　それって」

紫ノ宮は赤峰にうなずく。

「糸井一家殺人事件と同じ時期。当時、父は千葉県警捜査一課にいた」

「！」


「いつにも増して仕事に専念するようになって、休日も帰ってこない日が多くなった。母との間でも喧嘩が絶えなくなり、数年後には離婚……」

「……」

「どうして突然父が変わってしまったのか、当時の私には知る由もなかった……」

「……」

「それでも私は父を尊敬していたから……弁護士になることの相談も、たくさん……」

「……」

「だけど……六年前、大学卒業の日」

式を終え、紫ノ宮は袴姿のまま父親の暮らすかつての自宅を訪れた。今まで育ててもらった感謝の思いを、この姿で父に伝えたかったのだ。

しかし、父はひとりではなかった。

門扉の向こう、玄関前で父は知らない男性と話をしていた。何やら剣呑な雰囲気を察し、紫ノ宮の足が止まる。

男は父の腕をつかみ、激しい口調で何かを訴えている。

「何を話していたのかははっきりわからなかったけど、ただその人の顔だけは……」

強く記憶に刻みつけられた。

それはのちに自分の雇い主となる男だった——。

「……先生が？」と赤峰は驚きの表情になる。

動揺しながらもふたりの声に耳を澄ました。どうにか聞き取れたのは、明墨のこんな言葉だった。

『倉田さん、教えてください！　あなたは、あれを……不正に隠蔽したのではありませんか？』

弁護士を志す者として、「隠蔽」という言葉が心に引っかかった。

「父は何も答えなかった」

「……それから?」

「それ以降のことは、父と一緒に住んでいたわけじゃないからわからない。……だけど」

「?」

「司法試験に合格したあとに、明墨法律事務所から突然正式雇用の誘いがきた。成績優秀な即戦力となる若手弁護士を探していると、司法修習のときの指導担当に紹介されて。でも、先生を見てすぐにわかった。あのときの人だって……」

「じゃあ、この事務所に入ったのって……」

「先生のもとにいれば、父のことがわかるんじゃないかと思って」

「先生には聞いたんですか?」

紫ノ宮は力なく首を横に振った。

決定的なことを聞かされるのが怖くて、どうしても勇気が出なかったのだ。

「……でも、先生が糸井一家殺人事件の犯人、志水裕策に会ってるって赤峰さんから聞いたとき、すべてがつながった」

「……つまり、倉田刑事部長は十二年前にその事件を担当していて」

「そこで何かを不正に隠蔽した可能性がある」と紫ノ宮が赤峰のあとに続ける。

「……ってことは、やっぱり先生は今回も絵里さんの事件を使い、倉田刑事部長を落とそうとしている。それは……志水裕策の事件の不正を暴くため？」

となると結論はただ一つ。

紫ノ宮がその言葉を口にする。

「志水さんは冤罪……」

「……」

「……先生は最初から、私が倉田の娘であることを知ってる」

「！」

「だから私は……ここに呼ばれた」

「……まさか」

「娘である私は、父にとって弱みになる」

「!!」

「倉田の不正を暴くために、先生は私を使おうとしてる」

「……」

張り詰めた緊張を破るように紫ノ宮のスマホにメールが入る。画面を確認し、紫ノ宮は赤峰へと顔を向ける。

「……父からです」

「!」

「会って、話がしたいと」

「……」


料亭の女将に導かれ、明墨は飴色に磨かれた廊下を進む。

「どうぞ、こちらです」

襖を開けると、芸者に手拍子をしている男がいた。

伊達原泰輔——。

相変わらず目が笑っていない。

伊達原は手拍子をやめると、芸者を送り出し、突っ立ったままでいる明墨に座るよううながす。

対面に座した明墨に笑顔で言った。

「ずいぶんとご活躍のようだね」

「先生ほどでは」と明墨も作り笑いを返す。

互いの思惑を探り合う繊細で濃密な神経戦が今、幕を開けた。

## 5

　ふたりで使うには広すぎる料亭のテーブルで、明墨と伊達原が向き合っている。不敵な笑みを浮かべ、伊達原が口を開いた。

「最後に会ったのはいつだったかな。ああ……たしか明墨君が検事を辞める頃に――」

　無駄話をする暇はないと明墨がさえぎる。

「今日はどういったご用件で？」

「……そう急ぐな」

　自分の猪口に酒を注ぎ、伊達原は徳利をかかげる。

「結構です」と明墨は酌を断った。「酒を飲んで、思い出話に酔いしれる仲ではありませんので」

　伊達原は苦笑しながら「そうか。慕われていたのも過去の話か」と酒に口をつける。

「組織というのは怖いね。厳に襟を正して、足並みを揃えた組織を作ったと思っていても規律をはみ出す人間が必ず現れる」

「……」

「あ、姫野検事のことだよ」と伊達原は笑う。「ほかにいないでしょ」

「……」

「感謝してるんだよ。君のおかげで組織の膿を排除できた。今後も容赦なくお願いね」

「そのつもりです」

「頼もしいね」

「……」

酒を干し、伊達原はテーブルに猪口を置いた。

「……志水裕策に会いに行ったそうだね？」

「……それが何か？」

明墨の表情をうかがい、伊達原は微笑んだ。

「素敵だよ」

「！」

「罪なき人間が十二年間も死に怯えている。その冤罪を晴らす正義の弁護士《ヒーロー》」

「……」

「の、つもりかな」

突如表情を変え、伊達原は明墨をにらみつける。

「ヤツは殺ってるよ」

「！」

「志水裕策は罪を受け入れ、裁判所が殺人犯だと認定し、すべては終わった。君もその選択を承認したんだろ？」

たしかに、あなたの言う通りだ。

明墨は自分が犯した過ちを噛みしめる。

「覚えてるでしょ。君が志水を死刑囚にしたんだから。正義の検察官としてね」

「……」

「あ、そうだ。千葉の事件、担当しているそうじゃない？」

「……倉田刑事部長ですね」

「誰？　その人」

「……」

「これでも僕、結構偉い立場でね。いちいち刑事部長の名前まで覚えてないよ」

「そうですか」

「……老婆心ながら伝えさせてもらうよ」

じっと明墨の目を見つめ、伊達原は言った。

「すべてが思い通りになると思うな」

これまで多くの人間を自分の意に従わせてきた男の、驕り高ぶった声だった。

父からのメールの画面を見つめ、紫ノ宮は考え込んでいる。

赤峰はおずおずと訊ねた。

「……会うんですか?」

「……先生は私と父の関係を利用しようとしてる」

真っすぐ赤峰の目を見つめ、紫ノ宮は言った。

「だったら私も、それを利用する」

「⁉……」

※

「お父さん⁉」

会議室に素っ頓狂な白木の声が響き渡る。

「倉田刑事部長は、しのりんパパってこと……???」

全体での打ち合わせが始まるや、いきなり紫ノ宮がそんなことを告白し、白木は仰天した。しかし自分以外は誰も驚いた様子がない。

――まさか、私以外みんな知ってた？

紫ノ宮は明墨へと視線を移すと、直球を放った。

「……先生は、私が倉田の娘であることをご存知だったんですよね？」

「ああ」

「なら教えてください。六年前、先生は父の前に現れた。父は何かを不正に隠蔽した。先生はそう言っていました。それは十二年前の糸井一家殺人事件に関係ある何かですよね」

一同が注目するなか、明墨は赤峰へと顔を向けた。

「その事件については、赤峰くんも気になっているようだね」

「え!?」

「尾行するなら、もう少しうまくやれ」

「！」

面会窓口に行ったこと、見られていたのか……。

あらためて明墨は紫ノ宮に向き合う。

「……父は変わりました。あの事件に関わってから」

紫ノ宮は明墨を見据え、自分の見解を語りはじめた。

「今回だって、先生は千葉県警が宇野弁護士と仙道絵里さんと裏で手を組んで不正を行っている可能性に気づいた。だから弁護を奪い取った……その裏に刑事部長、倉田功がいるから」

「……」

「……倉田の娘だから、私をこの事務所に誘ったんですよね？」

一同が見守るなか、明墨はうなずく。

「ああ」

答えに動じることなく、紫ノ宮は明墨を問いただす。

「教えてください。父は、何を隠蔽したんですか？　昔からこんな不正を行っていたんですか？」

切実な訴えを受け止め、明墨は言った。

「紫ノ宮さん、わかっていると思うけど、私は君を利用している」

「……」

「君が知りたいことと、私が知りたいこと、それは同じ線の上にあるんじゃないかな？」

「……」

「君に利用価値があるなら、何かわかるかもしれない。お互いが知りたい真実がね。利害が一致している者同士、うまくやろうか」

心のわだかまりを呑み込み、紫ノ宮はうなずく。

「わかりました。私は何をすれば？」

「では、あらためて作戦会議を始めよう」


モニターに事件概要を映し出し、明墨と青山、白木が作戦を説明していく。

千葉県警の管轄で起きた三件の連続不同意性交事件。三件目の被害者である仙道絵里の目撃証言から、千葉県警はかつて似たような事件を起こしていた来栖礼二を被疑者として逮捕。しかし、絵里の目撃証言には不審な点が多く、さらに彼女が来栖にストーカー行為をしていたことも判明。犯人逮捕に焦る千葉県警と来栖を貶めたい絵里が手を組み、三件目の事件をでっち上げた可能性が浮上した。これに関与していたのが以前から警察との結びつきが深かった弁護士の宇野。来栖の弁護人となり、彼を救うふりをして自白をうながし、すべての幕引きを図った――。

あらためて事件を振り返り、明墨はこう締めた。

「警察、被害者、弁護士……本来、つながるはずのないこの三者が、一つの嘘でつながっていた。それも絶妙なバランスで」

「じゃあ、この三つの関係性を暴く証拠をつかめば」

「そんなもの存在しない」とすぐさま明墨が赤峰の意見を否定する。「相手は刑事部長だ。証拠など残さないだろう」

思案する一同を見渡し、明墨は言った。

「だが、均衡を保ったうえでしか成り立たない関係なら？」

赤峰はハッと顔を上げた。

「関係性を崩せばいいってことですか⁉」

「そうだ。一番崩れそうなところに、ヒビを入れればいい」


幼稚園の駐車場に止めた車に娘を乗せようとしたとき、「パパ！」と夢愛が出口のほうを指さした。「手品のおじさん」

宇野が娘の示す方向へと目をやると、風船を持った明墨がにこやかに手を振っている。

「明墨……！」

後部座席で手に風船の紐をくくりつけた夢愛が眠っている。車の窓越しにその寝顔を見ながら、明墨が言った。

「夢愛ちゃん、可愛いですね」

「あの事件は君に譲った。それで終わりのはずだ」

苛立ち、話を打ち切ろうとする宇野に、明墨が続ける。

「大手商社の顧問契約が打ち切りになったそうですね」

「！」

「来栖さんの弁護を降りたことで、あなたはかなり追い込まれてしまったのではないですか？　警察の人間とも顔を合わせにくくなったでしょう」

「……何が言いたいんだ」

焦れる宇野に明墨が手札をさらしていく。

「仙道絵里さんのストーリー……警察から知らされていたのではないですか？」

「！……意味がわからない。俺は何も知らない。不倫をバラしたければバラせ」

「何があっても法廷では証言しないつもりですね。わかってます。そんなことをしたら、それこそあなたはすべてを失う」

「……」

「ただ、思うんですよ……あなたはそこまで悪くないいんじゃないかって」

「……？」

「何も知らなかったで通せます。あなたは来栖さんの弁護を引き受け、たまたま彼が自白した。ただそれだけの話」

「……何を考えている？」

警戒しながら、宇野は明墨の思惑をうかがう。と、明墨が道端の電柱のほうに向かって手を上げた。隠れていた赤峰が姿を現し、スマホをかかげる。続けざまにシャッター音が聞こえ、宇野は反射的に手で顔を隠した。

「何なんだよ、おい」

「私の部下です。一緒にいるところを写真に収めてもらってます」

宇野は血相を変えた。

「どうするつもりだ」

「協力していただきたい。簡単なことです。大切な家族のためにも、お仕事、辞めるわけにはいかないでしょう？」

そう言って、明墨はボイスレコーダーを取り出した。

「品行方正とは無縁の弁護士同士、仲よくやりましょう」

ムッとする宇野の顔の前に、明墨はその小さな機械を突き出した。

休憩から戻った絵里が受付に向かいながらコートを脱ぐ。と、ポケットに入れていた入構証が落ちてしまった。拾おうとかがんだとき、男性の手が伸びてきた。指と指がかすかに触れる。「あ、すみません」

赤峰は拾った入構証にとびきりの笑顔を添えて、「どうぞ」と絵里に渡す。そのまま目をそらすことなく、絵里を見つめ続ける。

「え……？」

「あ、ごめんなさい。仕事でよく来るんですよ。いつも笑顔で迎えてくれて素敵だなって思ってて」

え……こんなイケメン、来てたっけ？　絵里はその言葉に少しときめいた。

「ごめんなさい。覚えていなくて」

「いやー、僕地味だからなー」

「いや！　全然そんなこと!!」と、あっという間に心を奪われる。

「あの……よかったら仕事終わりにお茶でも……」

「えー？」

戸惑った表情を作りつつ、絵里は満更でもない様子だ。

「近くにパフェのおいしい店があって」


仕事を終えた絵里は、いそいそと待ち合わせたカフェにやって来た。勧められたパフェ以上に甘やかな気分のなか、テーブルに置いた名刺をあらためて眺める。

「赤峰さん……弁護士、なんですか？」

コーヒーをひと口飲み、「はい」と赤峰がうなずく。「でも見習いっていうか、ちょっと面倒な先生の下で働いてて」

赤峰はスマホを取り出し、明墨が宇野と一緒に写っている画像を見せた。絵里の顔がこわばるのを確認しながら、明墨を指で示す。

「これが私の上司の明墨です」

「この人……」

「面倒な先生なんですよー。人使いも荒くて」

さっきまでの弾んだ気持ちは一気に消え去り、絵里は警戒するように赤峰をうかがう。

赤峰も態度を豹変し、仕事の顔になる。

「私たちは来栖礼二さんの弁護を担当しています」

「！……なんの用ですか？」

「この人、ご存知ですよね？」と赤峰は写真の宇野を指さす。

「さあ……」

「来栖さんの最初の弁護人の宇野先生です。何を話していたのか気になりませんか？」

「……」

「これが録音です」

　ボイスレコーダーをテーブルに置き、再生ボタンを押す。すぐに明墨の声が流れはじめる。決して明瞭とは言えないが、聞き取れないほどではない。

『三件目の事件、あれは警察と絵里さんが都合のいいように自分たちで作り上げた事件だったのではないですか？』

　絵里の目が見開かれる。

『あなたはそれを知っていて、弁護を引き受けた。そうですね？』

『馬鹿なことを言うな。証拠があるのか？』

　焦ったようなこの声はたしかに宇野だ。

『これを』

『これは……』

『まだ言い逃れしますか？　宇野先生、こんな証拠がありながら偽装された事件だと知らないとは言わせません』

『わ、私は無関係だ！　そんなのは知らん!!』

ふたりの会話はそこで切れた。

「……何これ？」

怯えたようにボイスレコーダーを見る絵里に、赤峰は言った。

「いかがですか？　三件目の事件は警察とあなたによって作られたもの。その証拠をつかんでいるんです」

「……証拠って？」

「それはお伝えできません」

絵里は赤峰を強く見つめ、言った。

「私は本当に被害に遭った。もう帰ります」

腰を上げかけた絵里に、「最後に」と赤峰が声をかける。「あなたの未来の話をしてもいいですか？」

「……は？」

「私たちは今後、裁判であなたと警察が不正をしていた証拠を突き出します。あなたは虚偽告訴罪や偽証罪はもちろん、示談金を受け取った詐欺罪にも問われ、十年以下の懲役が科されます。仮に執行猶予がついたとしてもメディアが注目している事件です。ましてや被害者が嘘をついていたとなれば、格好の餌食になります」

不安を煽るように赤峰は続ける。

「あなたの顔と名前は一生デジタルタトゥーとしてネット上に残り続ける。新しい仕事を見つけるのも苦労するでしょう。もしあなたに愛する人ができたとしても、このことを知るのは時間の問題……」

「……私は、嘘なんか」

「すみません。あくまでも、まだ変えられる未来の話です」

そう言うと、赤峰は伝票を手に席を立った。

「僕が帰ります。せっかくなんでゆっくり食べていってください。おいしいですよ」

「……」

赤峰がテーブルを離れると同時に、背後の席の男も立ち上がる。明墨だ。しかし、突きつけられた暗澹たる未来に放心状態になっている絵里が気づくはずもなかった。

店の外で合流すると、赤峰は明墨に訊ねた。

「大丈夫でしたか？」

「上出来だよ。それじゃあ」

「はい。この写真を……」

赤峰は先ほど絵里に見せた明墨と宇野のツーショット写真を紫ノ宮に送った。


『紫ノ宮さん、お願いします』

メッセージに添えられた画像を確認し、紫ノ宮は歩きだした。この辺りに来たのは久しぶりだが、足が道を覚えていた。気がつくと懐かしい家の前に立っていた。

『倉田』の表札が飾られた門扉の向こう、古い一軒家をじっと見つめる。

紫ノ宮の背後を手をつないだ親子が通り過ぎていく。父親に甘えるような娘の声が二十年前の記憶を呼び起こさせる。

あれは八歳の誕生日。バースデーケーキに立ったロウソクの火を消し、母からおめでとうの拍手を受ける私に、ビデオカメラを向けながら、父が訊ねる。

「八歳になった飛鳥です。大きくなったら何になりますか？」

「えっとね～、警察官！」

「お～。じゃあ、大きくなったらパパと一緒に働くか？」

「うん！」

甘い記憶が苦い記憶へと変わったのは、いつからだろう。

雑念を振り払い、紫ノ宮はチャイムを押した。

ドアが開き、父である倉田が顔を出す。さっきの記憶とはかけ離れた険しい表情だ。

「……お帰り」

紫ノ宮は口を開くことなく、ぎこちなくうなずいた。


すっかり雰囲気が変わってしまった居間を、紫ノ宮はつい見回してしまう。必要最低限のものだけが置かれた無機質で素っ気ない空間……。

父はここでひとり、暮らしているのだ。

「適当なものしかなくて悪いな。お茶でいいか？」と倉田は台所へと向かう。

「うん……」

台所に調理器具は見当たらず、料理をしている気配はない。食卓には近くのスーパーで買ったのであろうパック入りの総菜が並んでいる。

倉田は冷蔵庫からペットボトルのお茶を出し、それをグラスに注ぐ。

紫ノ宮は古いテレビ台に目を留めた。

あそこに家族写真が飾られていた……。

ふたたび記憶が呼び起こされる。

今度は十二年前の誕生日だ。食卓で母と向かい合い、ショートケーキを食べている。

「誕生日おめでとう」

そう微笑む母の顔は疲れ切っていた。

「ありがとう。お父さん、今日も遅いの？」

「そうみたいね」

「最近忙しいんだね……」

母はボソッとつぶやいた。

「ただ……家に帰ってきたくないだけかも」

「え？」

覚悟を決めたように私を見つめ、母は切り出した。

「十六歳。もう大人だから言っておくね」

「……？」

「……お父さんとお母さんね……」

ほどなく母と父は離婚し、私は母と一緒にこの家を出た——。

食卓についた紫ノ宮の前にお茶を置き、倉田が訊ねる。

「ここに来るのはいつ以来だ？」

「……大学卒業の日が最後」

「そんなになるか」

「弁護士になってから一回も帰ってないから」

「……」

父が正面の席につき、ふたりで簡単な食事をとりはじめる。沈黙の時間が長く続いたあと、しびれを切らしたように紫ノ宮が訊ねた。

「話したいことって何？」

しかし、倉田は黙ったまま食事を続ける。

「話したいんじゃなくて、本当は聞きたいんでしょ？ 明墨先生のこと」

ようやく倉田が顔を上げ、紫ノ宮を見た。

「……彼は知っているのか？ 私たちのこと」

「うん。知ってて私を事務所に誘った」

「⁉」

「事務所に入るときにすごく反対してたのは、そういうことだったんだね。お父さんは先生を昔から知ってた」

「……」

「今回の不同意性交事件……どうして先生が弁護を奪い取ったか、わかってるんでしょ？」

否定も肯定もしない倉田に、紫ノ宮は絵里のアパートに入っていく様子を捉えた写真を突きつけた。

「！」

「先生は三件目の仙道絵里さんの事件は虚偽なんじゃないかって疑っている」

「……警察を馬鹿にしすぎだ。そんなものを裁判で主張してみろ。世間から叩かれるのは明墨だぞ」

「証拠があれば話は別でしょ？」

父ではなく刑事の目で、倉田は紫ノ宮をにらみつける。

「証拠などあるわけない。私を揺さぶれと？　明墨の指示か？」

紫ノ宮はボイスレコーダーを取り出し、食卓に置いた。小さな赤いライトが録音中であることを示している。

「！……」

「何が証拠になるかわからないから、弁護士は常に会話を録音しておくよう先生から教わった。でも、これがあると私も言葉を選んじゃうから」

紫ノ宮はボイスレコーダーのスイッチを切ると、真っすぐ父の目を見つめる。

「私はお父さんをずっと尊敬してきた」

「……」

「だけど、それが正しかったのか、今はわからなくなってる」

「……」

「十二年前の『糸井一家殺人事件』」

娘の口から出た忌まわしき事件の名に、倉田の胸が早鐘を突くように騒ぎはじめる。

「当時、お父さんは千葉県警の捜査一課長で、捜査本部の中心にいた……」

「……」

「あの事件のあとからだよね。笑わなくなったの」

気づいていたのか……。

「私、見てたの」

「？」

「大学卒業式の日、明墨先生にこの事件について問い詰められてたよね」

「お父さんは、『糸井一家殺人事件』で何かを『隠蔽』した……そのことをずっと悔いてるんじゃない？」

「！」

射貫くような娘の真っすぐな瞳に、倉田の心が激しく揺れる。

「ねえ、今でも私が憧れた『正義の味方』でいる？」

「！……」

「お願い。話してほしい。志水裕策さんは冤罪で捕まってるの？　お父さんは何をしたの？」

すがるように訊ねる紫ノ宮の目を見つめ返し、倉田は言った。

「……妙な弁護士のもとにつくと、考え方まで曲がってしまうんだな」

「！……」

「警察は市民が安心して暮らせるために、昼夜問わず努力を続けている。冤罪？　隠蔽？……あり得ない。何かお前は勘違いしてる」

父の言葉を聞きながら、紫ノ宮の目が潤んでいく。

強い口調ではあるが、そこに熱は感じられなかった。これが心からの言葉だとは、到底思えない。

「……わかった。真実は法廷で明らかにする」

紫ノ宮はスマホに宇野と明墨が会っている画像を表示させ、倉田に見せた。

「！」

「証拠はある」

席を立ち、紫ノ宮は居間を出ていく。

「……」


門扉を出た紫ノ宮は、門の脇に立つ赤峰に気づき、足を止めた。慌てて涙のにじんだ目もとをぬぐう。

「……すみません。なんか気になっちゃって」

「……ずっとここで？」

「仕事溜まってんのに、白木さんに怒られちゃいますね」と赤峰は苦笑してみせる。

「……」

「つらいですよね。親を騙すって」

「……最初から覚悟はできてます」

心配してくれる、その心遣いが嬉しくて、紫ノ宮はかすかに微笑んだ。

「大丈夫です」

「あ、ドーナツいります?」と赤峰は手にしたコンビニ袋からドーナツを出す。

「結構です」

「あ……はい」

歩きだした紫ノ宮のあとを、赤峰が慌ててついていく。

※

県警本部の刑事部長室。デスクについた倉田が苛立った表情でスマホの呼び出し音を聞いている。十コール目で電話を切り、スマホを置いた。画面に表示された発信履歴には『宇野弁護士』の名前が並んでいる。

昨夜から何度電話をかけても一向につながらないのだ。

憮然とした表情でスマホをにらみつけているとドアがノックされた。「失礼します」と入ってきたのは、大西だ。倉田にうながされ、報告を始める。

「駅や付近の監視カメラを徹底的に調べ直しましたが、証言が覆されるようなものは出てきません。当初の想定通り、今回の件は完璧なはずですが」

「やはり明墨の狙いは我々を揺さぶることだ。気にしなくていい」

「はい」とうなずきつつも、大西は不安でたまらない。

「来栖は性犯罪を何度も繰り返している。裁きを受けるべきだ」

「倉田さん、本当に……」

頭を下げられ、倉田は顔をしかめる。

「やめてくれ」

そのとき、デスクの上でスマホが鳴った。画面に表示されている名前を見て、倉田の眉間のしわがさらに深くなる。無視するわけにもいかず、倉田は受信ボタンに触れた。すぐにスマホの向こうから不安そうな絵里の声が聞こえてきた。

「あの……本当に大丈夫――」

かぶせるように倉田は言った。

「不必要なご連絡は避けてくださいますか？」

「！……え？……それって」

「何かあればこちらから連絡します。大丈夫です。あなたは被害を受けた。だから来栖は我々が責任を持って逮捕したんです。安心してお過ごしください」

「……でも」

「失礼します」

電話を切って十秒も経たずに、ふたたびスマホが鳴りはじめる。

「まだ何か……」

苛立たしげに画面を見て、倉田は蒼ざめた。電話は伊達原からだった。

「悪い」と目顔で大西に退室をうながし、倉田は電話に出る。

「ああ、ごめんなさい」

耳もとで神経に障る明るい声が聞こえてきた。

「なんか間違えてかけちゃったみたい」

「いえ……」

「あ、でもかけちゃったついでに聞いちゃおうかな。大丈夫なんですよね？」

「！……はい。なんの問題もありません」

「ならよかった」

「……あの、やはり明墨は十二年前の例の事件を追って――」

「例の事件？　何それ？」

あっけらかんと言い放つ伊達原に、倉田は愕然となる。

「ああ、そうそう。あなたの娘さん、弁護士になられたんだって？　今、明墨法律事務所にいるんだとか」

　どうして知っている⁉

「まったく、どんなに親が子供のことを思っても、子供は反発したくなるものなんですかね」と同情めいたことを口にしてから、伊達原は続けた。

「まあでも、可愛い娘には親の醜い姿、見られたくないですよね」

「……」

　今回の事件についての情報で埋められたホワイトボードを、紫ノ宮が身じろぎもせず見つめている。

　そんな紫ノ宮を、明墨の執務室からガラス壁越しに赤峰が心配そうにうかがう。視線を紫ノ宮に向けたまま、明墨に問う。

「バランス……崩れますかね」

「君たちのおかげで三者の間にひびは入った。心にやましい気持ちがある人間ほど、不安は募るものだからね」

「……」

翌日。休憩を終えた絵里が受付に戻ると、「仙道さん、これ渡してくれって」と久美が封筒を差し出してきた。

「なんか、イケメンだったんですけど誰ですかー」

ニヤニヤ笑いを浮かべる久美を見て、嫌な予感がわいてくる。

「イケメン……?」

受け取った封筒を開き、絵里は顔色を変えた。


千葉刑務所内拘置区の接見室。アクリル板に絵里の写真を当て、明墨が来栖にこれまでの経緯を説明している。

「あの女が嘘をついたってことか⁉」

「相当あなたに恨みを持っているようです」

「意味わかんねえ」と来栖は写真をにらみつける。「散々つきまとったくせに、しまいにはこれかよ」

「見た目がいいだけの男だった。そう判断したのかもしれません」

「は?……喧嘩売ってんのか?」

「いえ」

「……こいつの嘘を暴いてくれんだよな?」

「はい」

「……なら最初の二件もどうにか——」

「来栖さん」

皆まで言わせず、明墨はあとを引き取った。

「最初の二件は前任の弁護士に強要された自白ですよね」

「……!」

「今の弁護人は私です」

明墨の意図を察し、来栖は笑った。「わかった」

「……では」


千葉県警の会議室。テーブルをはさみ、絵里と倉田が対峙している。大西が絵里の鞄の中に盗聴器が入っていないか確認し、言った。

「問題ありません」

倉田はうなずき、「申し訳ありません。万が一のことがありますから」と絵里に無礼を謝る。

「私はそんなことはしません。それより」と今日オフィスで受け取った封筒を取り出し、入っていた写真をテーブルに置いた。複数の女性をはべらせ、いちゃついている来栖が写っている。

「これは……？」

「知りません！　きっとあの弁護士が会社まで送りつけてきたんです！」

「あの弁護士？　明墨ですか？」

「来栖がほかの女といるところをわざわざ私に見せつけて……こんな嫌がらせを一生受けるんですか？」

やはりあの男の仕業か……。

「あなたを精神的に追い詰めることが目的です。裁判にさえ勝てば、すべて終わります」

「……わかりました」

どうにか怒りを収め、絵里はテーブルに置いたスマホを手に取った。

「じゃあ裁判でこれ、使えませんか？」

スマホを操作し、絵里はとあるボイスメモを倉田に聞かせる。

「……？」

※

千葉地方裁判所の法廷。明墨が来栖の代理人になって初めての公判が行われている。

担当検事の横山《よこやま》は三十歳くらいの若手だ。

「それでは次に検察官が請求した証人尋問に移ります。検察官、準備してください」

横山の指示で事務員が衝立を用意し、証言台を囲う。性被害者が被疑者と直接顔を合わせないための措置だ。準備が整い、横山が絵里を迎え入れる。

証言台についた絵里は、衝立の向こうから言った。

「あの私、目隠し大丈夫です……正々堂々、闘いたいんで」

衝立が外され、絵里と来栖が互いを見合う。

法廷内が緊張に包まれるなか、裁判長が横山をうながす。

「では検察官、どうぞ」

絵里のそばに歩み寄り、横山が口を開いた。

「プライバシー保護の観点から被害者のお名前は伏せさせていただく場合もございますが、本件は被害者の方の了承を得ています。お名前をおうかがいできますか？」

「仙道絵里です」

「起訴状にある通り、あなたは二月二十一日、千葉県千葉市の路上で……」

突然、絵里が顔を覆い、嗚咽を漏らしはじめた。

「⁉」

ざわつく傍聴席のなか、ひとり倉田は冷静な目で絵里を見守る。

「ご気分がすぐれませんか？」

裁判長に声をかけられ、絵里は顔を上げた。

「……大丈夫です。ただ……やっぱり怖くて」

絵里に寄り添い、横山が「被告人が近くにいるからでしょうか？」と訊ねる。

「いえ……」

明墨、赤峰、紫ノ宮が並ぶ弁護人席のほうを見つめ、絵里は言った。

「弁護士の先生に、問い詰められたんです」

ふたたび傍聴席がざわつきはじめる。

いたわるように横山が優しく訊ねる。

「裁判の前におっしゃっていた件ですね」

声を震わせながら、「はい」と絵里がうなずく。

「裁判長」と横山が声を張った。「実は先ほど弁護側が被害者に接触し、脅迫を行っていた事実が判明しました」

「どういうことですか?」

「彼女からその音声を受け取っていますので、証拠取り調べを請求いたします」

そう言って、横山は勝ち誇った視線を明墨へと向けた。

「弁護人、覚えがないとは言わせないですよ。まさか反対はされませんよね?」

「……」


準備が整い、横山が音声を再生させる。法廷に設置されたスピーカーから流れてきたのは赤峰の声だ。

『私たちは今後裁判で――』

それは県警本部を訪れた絵里が、倉田に提示したボイスメモだった。来栖側の弁護士が会社に現れ、話し合いを迫られたとき、とっさの判断で録音したという。

『――あなたと警察が不正をしていた証拠を突き出します。あなたは虚偽告訴罪や偽証罪はもちろん、示談金を受け取ったら詐欺罪にも問われ、十年以下の懲役が科されます。仮に執行猶予がついたとしても、メディアが注目している事件です。ましてや被害者が嘘をついたとなれば、格好の餌食になります。もしあなたに愛する人ができたとしても、このことを知るのは時間の問題……』

横山が再生を止め、裁判長に言った。

「以上です。これを踏まえて尋問を再開したいのですが、よろしいでしょうか」

「どうぞ。続けてください」

「証人」と横山が絵里を見た。「これはあちらに座られている赤峰弁護士の声ですね？」

「……はい」

一同の目が一斉に赤峰へと集まる。

「弁護人は被害者に接触しただけでなく、ありもしない証拠があると脅迫し、証言を撤回させようとした」

法廷が騒然となるなか、横山が絵里に訊ねる。

「彼らは事実を捻じ曲げるようあなたに迫った。そうですよね？」

「違います」

「!?」

絵里の声を、倉田は信じられぬ思いで聞いた。

「脅迫ではありません。私が無理を言って、赤峰弁護士に相談に乗ってもらったんです」

打ち合わせとまるで違う絵里の証言に、横山はパニックになる。

「ど、どういうことですか……？」

「私は……私は来栖さんが憎くて、被害に遭ったと嘘をついてしまったんです」

「!!」

「でも弁護士さんと話して、自分が犯してしまった罪の大きさに気づきました……」


会社で封筒を渡されたあと、すぐに赤峰が姿を現した。虚偽証言の証拠に関して話があるというので、絵里は勤務を終えると、明墨法律事務所を訪れたのだ。

「で、これがなんの証拠になるっていうの？」

渡された写真を会議室のテーブルに置き、絵里は言った。

対峙する明墨が、写真を見ながら答える。

「来栖さんは、あなたのほかに多くの女性と交友関係があることがわかりますね」

「!……そんなこと聞きにきたわけじゃない！」

「あなたが襲われた時間、来栖さんにはアリバイはない。そう思われてますよね？」

「？」

「実は、事件当時の来栖さんの位置情報記録が存在します」

絵里は鼻で笑った。

「嘘ばっかり。来栖は携帯の電源切ってたたって」

赤峰が写真の女性のひとりを指さし、言った。

「この女性が来栖さんの遊び相手を突き止めるために、落とし物防止のGPSタグを来栖さんの鞄にこっそり入れていたんです。警察はこんなにいる来栖さんの女性関係をわざわざひとりずつ調べていませんからね」

「……嘘でしょ」

動揺する絵里に、赤峰は当日の来栖の位置情報の資料を見せる。

「私たちは法廷でこの事実を明かします」

さらに明墨が追い打ちをかける。

「あなたは警察に協力して虚偽の事件を告発した。これは立派な犯罪です」

絶望的な表情になる絵里に、明墨が続ける。

「ですが、あなたが警察に利用されていただけなら、そして仕方なく事件の偽装に協力するしかなかっただけなら、話は別です。あなたは被害者だ」

「被害者……?」

「ええ」と明墨は強くうなずく。「警察に脅され、良心が痛みながらも手を貸してしまったと自白をすれば、罪の矛先は警察に向きます。あなたはただ脅迫されたと証言すればいい……」

混乱する絵里を諭すように、紫ノ宮が優しく言った。

「来栖さんを陥れたかった。そうですよね？　私たちは彼を野放しにはしません」

「……？」

「お約束します」

さらに明墨が決断を迫る。

「二つに一つです。この証拠を提出すると、あなたは警察と共犯関係になります。虚偽告訴罪や偽証罪で逮捕され、いっぽう来栖は晴れて釈放。そんな未来か……私たちに協力し、あなたを苦しめた来栖を地獄に落とす。そんな未来か」

「……」

「よーく考えてください」

「……どうすればいいんですか？」

すがるように訊ねる絵里の前で、明墨は位置情報の資料を破り捨てた。

「！」

法廷では、絵里が涙ながらに訴えている。

「私は間違いを犯しました。どんなに憎んでいたとはいえ、違法な逮捕に利用されるなんて浅はかでした……。大変、申し訳ございませんでした」

深々と頭を下げる絵里に、傍聴席がざわつき、来栖は喜色を顔に浮かべる。

「検察官」と明墨が鋭い声を発した。「これは一体どういうことでしょうか?」

「!……」

「あなた方は我々の真実の追究をも脅迫だと言い、ありもしない罪を作り出そうとしています」

「それは……」

どうなってるんだと横山は傍聴席の倉田に目をやる。すかさず明墨が言った。

「これも警察が用意した、なんて言うつもりじゃないですよね? あなた方は、もしかしてなんの検証も行わず、これを提出されたんですか?」

「……いや、だから」

「まぁ、いいでしょう。真実はこれから明らかになる。そうですよね、倉田刑事部長」

明墨は挑発するように傍聴席の倉田を見つめる。

「……」

騒然となる法廷を、「静粛にお願いいたします」と裁判長が鎮める。

「本日の審理はここまでといたします。あらためて状況の整理を行い、次回以降の審理の進め方を決定いたします。検察官と弁護人は閉廷後すみやかに裁判官室に来てください。以上です」

真っ先に立ち上がった倉田の目が弁護人席の紫ノ宮へと向けられる。怒りと哀しみがないまぜになったようなその目に、紫ノ宮は動揺する。

険しい顔のまま、倉田は法廷から出ていった。

「……」


法廷を出た絵里が明墨たちのもとへと歩み寄る。

「私はどのくらいの罪になるんですか？」

「弁護士次第でしょうね」と明墨が答える。

「先生にお願いできますか？」

「安心してください。私たちは協力関係にありますから」

絵里は微笑み、言った。「来栖の鞄にGPSが入ってたなんて、嘘ですよね？」

「……どうでしょう」

「まあ、どっちでもいい。来栖のこと、やってくれるんですよね？」

「はい」

頭を下げ、絵里が去っていく。

その背中を見送りながら赤峰が言った。

「絵里さんが気づいていたことも想定内ですか」

「……どうだろうね」

「来栖は実際、一、二件目に関しては本当に罪を犯しているんですよね？　このあとどうするんですか？」

「……」

※

「本当に警察にはあきれるね。証拠を捏造しないと逮捕できないなんて」

デスクについた伊達原の口からため息交じりにそんな言葉が飛び出す。呼びつけられた緑川は怪訝そうに伊達原を見た。もちろん、千葉県警の不祥事は知っているが、自分とはまるで関係のない事件だ。

「ごめんごめん。最近愚痴が多くなってきてね。歳かなぁ」

どう答えても地雷を踏みそうなので、緑川は黙ったまま仏のような笑みを浮かべる。

「そういえば……」と伊達原は話を変えた。「たしか前の旦那さん、東大卒の警察官僚だったよね」

「……はい」

「ちょっとお願い聞いてくれる？」

警戒心をおくびにも出さず、緑川はその願いとやらを待つ。

伊達原は微笑み、話しはじめる。


『三件目の事件は警察が作り上げた架空のものだったということですね』

キャスターの問いに解説員が答える。

『検察は即座に起訴を取り消しましたが、これは前代未聞です。警察が事件を偽装したなんて、醜態にもほどがある』

『警察に脅されたと供述されていた女性はどうなるんでしょうか？』

『警察が彼女を脅迫してやらせたのであれば、あまり罪には問えないでしょうね。いわば彼女も警察に利用された被害者なわけですから』

テレビ画面に目を向けながら青山が言った。

「絵里さんもこれから大変そうですね」

「あの……」と赤峰が青山に訊ねる。「青山さんは全部知ってたんですか？」

白木も気になり、青山の答えを待つ。

「さあ」と青山は笑みを浮かべ、パソコン画面へと視線を移した。

「あ、始まりますよ」

記者会見場にちょうど明墨が現れたところだった。フラッシュを浴びながら、明墨がいくつものマイクの前に立つ。

会場が落ち着いたところで、明墨はおもむろに口を開いた。

『今回、警察が行った不正はあまりにも杜撰で、司法を愚弄する行為にほかなりません。一弁護士の意見ではありますが、過去にさかのぼった追及も必要ではないかと考えます』

記者たちから一斉に質問の手が挙がるが、明墨は無視して続ける。

『いっぽうで私は、今回の事件を弁護していくなかで、依頼人ではありながら来栖さんが虚偽の主張をしていたという事実にもたどり着きました。弁護士は依頼人の保護者であると自負しておりますが、明白な虚偽の事実を主張することが弁護士倫理に背く行為であるということは言うまでもありません』

車から降りた宇野とその家族が家のほうへと歩きだす。宇野は手にしたスマホで明墨の記者会見を見ている。

『私は自身の信条にもとづき、先ほど来栖さんの弁護人を辞任いたしました。依頼人を自供させ、反省をうながした宇野弁護士にあらためてお返ししたいと存じます』

「……」

ふいに足を止めた宇野を見上げ、夢愛が言った。

「パパ、どうしたの？」

宇野は娘の頭を撫でながら、「ううん」と微笑む。「パパは夢愛のために一生懸命働くからな」

会見が終わり、赤峰が言った。

「宇野弁護士に戻すって、大丈夫なんですかね」

「まあ、奥さんや娘さんのためにも、もう改心するしかないでしょう」

青山が返し、白木もうなずく。

「いくらゲス野郎でも結局可愛い娘までは裏切れないよね」


意を決し、紫ノ宮はチャイムを押した。

しばらくしてドアが開き、疲れ切った表情の倉田が顔を出した。

倉田に続いて居間に入り、紫ノ宮は目を見張った。すっかり物がなくなりガランとした部屋に、いくつもの段ボール箱が乱雑に置かれているのだ。

「……引っ越すの？」

「署内で取り調べを受ける。懲戒免職になるか、飼い殺されるか……どちらにしてもここにはもう住めない」

「……」

「飛鳥……」

声をかけたものの、何を言ったらいいのかわからず倉田は口を閉じた。

「？」

倉田は床に座布団を置き、紫ノ宮をそれに座らせる。

「……お父さん」

段ボール箱を整理していた倉田が振り向く。

「今回の事件、捜査一課の大西課長が責任を取って辞職させられた。もしかしてお父さんは、その人を守るために動いていたの？」

「！……」

「大西課長は来栖が犯人だとわかっていたけど、決定的な証拠がなかった。検挙できない焦りから新たな事件を偽装工作した……部下の失敗をかばおうとしたの？」

それは質問というよりも祈りに近いものだった。

答えない父に、さらに問う。

「……あのときも、何かを守ってたの？」

紫ノ宮は明墨に問い詰められていたときの、父の悔しげな顔を思い出す。必死な明墨に応えたい。でも、それはできない。そんな葛藤を抱えていたような気がするのだ。

「お父さんが不正までして守りたいものって何？」

「……」

「私は……昔のように笑ってほしいだけなの」

心からの思いをぶつける紫ノ宮に、倉田はあのときと同じような顔になる。

「……飛鳥、すまない」

そのとき、チャイムの音が鳴った。

紫ノ宮と倉田が顔を見合わせる。

まもなく玄関のほうから男の声が聞こえてきた。

「倉田さん、いらっしゃいますよね？　警察です。開けてください」

「え？」と紫ノ宮が倉田をうかがう。

倉田が玄関へと向かい、紫ノ宮もあとに続いた。

激しく叩かれているドアを開けると、刑事たちが立っていた。五人というその数に紫ノ宮は驚く。先頭にいた男が倉田に言った。

「倉田功さん、ですね」

うなずく倉田に逮捕状を突きつける。

「千葉県警捜査二課です。虚偽告訴幇助及び国家公務員法違反の容疑で逮捕状が出ています。倉田さんは署までお連れしますが、捜索差押令状も出ていますので、今から別の職員がご自宅の捜索を行います。よろしいですね」

「……はい」

倉田は紫ノ宮を振り向き、言った。

「飛鳥……私のことは忘れろ」

「！……」

刑事たちに連れられ、倉田は家を出ていく。

その背中に、紫ノ宮は思わず叫んだ。

「待って‼」

新たな刑事たちがずかずかと家の中へと入ってきて、紫ノ宮はその場を動けない。

「待ってよ！　お父さん‼」

開け放たれたドアの向こう、道に止まった警察車両に乗せられる父の姿が見える。車はすぐに発進し、紫ノ宮の視界から消えた。

「……」


「口封じかもな」

家宅捜索が終わり、いくつもの段ボール箱が転がる居間で、紫ノ宮が茫然とスマホを耳に当てている。

「どういうことですか？　この逮捕にも何か不正が？」

「いや、やけに動きは早いが倉田の逮捕に不当なものはない」

「そうですよね……」

「……」

「これから私はどうすれば？」

「罪を犯した人間を、それでも父親と思うのか、切り捨てるのか。それは君の自由だ」

突き放すような明墨の言葉に、目の前を覆っていた霧が晴れていく。

紫ノ宮は己の心を見定め、きっぱりと答えた。

「父は正しくないことをしました。でも、それでも私の父であることに変わりはありません。今までの父を全部否定したくないんです。だって、それでも大事な家族なんです。でも、だからこそ、知りたい。父の過ちを、ちゃんと知りたい」

明墨はうなずき、言った。

「君には、はっきりとした意思がある」

「！……」

「それをぶつければいい。弁護士として、ひとりの娘として」

力強く背中を押され、紫ノ宮は腹をくくった。

私は目を背けず、真実に向き合っていく。

「ありがとうございます」

「気をつけて、戻ってこい」

紫ノ宮にそう告げ、明墨は電話を切った。

スマホをしまい、会議室に移動する。

「お待たせしました」と声をかけた。

明墨法律事務所の入ったビルの外で張り込んでいた菊池が伊達原に連絡を入れる。

「先ほど、入っていきました」

「そう。やっぱりねー。あの事件からつながっているんだね。ふーん……」

その声にかすかな苛立ちを感じ、菊池はそそくさと電話を切った。

会議室には神妙な面持ちのふたりの男がいる。

「例のものは手に入りそうですか？」と明墨は静かに話しかける。

「はい」

うなずいた男は、緋山啓太だ。

明墨は厳かに宣言した。

「では、そろそろ始めましょう」

――下巻に続く

CAST

長谷川博己

北村匠海

堀田真由

大島優子

林 泰文

近藤 華

緒形直人

岩田剛典

神野三鈴

藤木直人

吹石一恵

木村佳乃

野村萬斎

## TV STAFF

プロデューサー…… 飯田和孝
大形美佑葵

演出…………………… 田中健太
宮崎陽平
嶋田広野

脚本…………………… 山本奈奈
李 正美
宮本勇人
福田哲平

音楽…………………… 梶浦由記
寺田志保

主題歌………………… milet「hanataba」
（ソニー・ミュージックレーベルズ）

法律監修……………… 國松 崇

警察監修……………… 大澤良州

製作著作……………… TBS

## BOOK STAFF

ノベライズ…………… 蒔田陽平

カバーデザイン……… 市川晶子（扶桑社）

DTP…………………… Office SASAI

校正・校閲…………… 小出美由規

編集…………………… 木村早紀　井関宏幸（扶桑社）

出版コーディネート…… 近藤千佳　六波羅 梓
（TBSグロウディア　ライセンス事業部）

日曜劇場
ANTI HERO　アンチヒーロー(上)

発行日　2024年6月6日　初版第1刷発行

脚　　本　山本奈奈　李 正美　宮本勇人　福田哲平
ノベライズ　蒔田陽平

発 行 者　小池英彦
発 行 所　株式会社 扶桑社
〒105-8070 東京都港区海岸1-2-20　汐留ビルディング
電話　(03) 5843-8843(編集)
(03) 5843-8143(メールセンター)
www.fusosha.co.jp

企画協力　株式会社 TBSテレビ
株式会社 TBSグロウディア

印刷・製本　図書印刷 株式会社


ISBN 978-4-594-09775-2